神山睦美

日々、フェイスブック

Mutsumi Kamiyama　　daily facebook posts

澪標

はじめに

「王様の耳はロバの耳」という話がある。ローマの詩人オイディウスの『転身物語』に出てくる話なのだが、それによれば、ギリシア神話の人物であるミダス王は、自分の思いを率直にあらわすことをよしとしていた。そのために、かえって、さまざまな災いにあうことになった。

あるとき、ディオニソスの養い親であるサチュロスを助けた礼に、望みのものをと尋ねられた。ミダス王は、自分の手に触るものは何でも黄金に変えることのできる力が欲しいと答えた。その通りの力を身に着けたものの、食べ物から飲み物まですべて黄金に変わってしまうことに気づき、結局はすべてを洗い落としてしまった。

ここまではいいのだが、今度はアポロンの弾く竪琴とパーンの吹く笛との音色をくらべてどちらが魅惑的かを競う場面でのこと、審判をはじめ誰もがアポロンの竪琴に軍配を挙げたにもかかわらず、ミダス王だけは率直にパーンの笛の音の美しさを挙げてやまなかった。怒ったアポロンは、ミダス王の耳をロバの耳に変えてしまった。

もう元に戻すことはできないと観念した王は、帽子で耳を隠すことを思いつく。しかし、あるとき床屋に行って髪を刈ってもらうことになり、ロバの耳が発覚してしまった。

それを見て驚いた床屋は、ミダス王から口止めされたにもかかわらず、誰かに話したくてたまらなくなった。森に行って、大きな穴を掘り、穴に向かって何度も「王様の耳はロバの耳」「王様の耳はロバの耳」と声を上げた。するとその穴から何本もの葦が生えてきて、風が吹いてくるたびに、そよそよとそよぎながら「王様の耳はロバの耳」「王様の耳はロバの耳」と囁くようになった。

この話、何をいいたいのか、子供の頃に誰もどこかで耳にしたことがあるものの、気味が悪くて、早く記憶から消し去りたいようなところがある。それを文芸評論家の月村敏行は、この葦は、パスカルのかの有名な「考える葦」の仲間にちがいないという（「ソリタリ仮説と中原中也」）。「人間は自然のなかで最も弱い一本の葦にすぎない。しかし、それは考える葦である」という『パンセ』の一節に出てくるあの葦である。

その上で、パスカルの葦というのは、「無限の空間の永遠の沈黙は私に恐怖を起こさせる」

という一節に象徴されるような「恐怖」からのがれることができず、風にそよぐと「王様の耳はロバの耳」「王様の耳はロバの耳」と囁かずにいられない、というのである。

なるほどと思わせる所説である。

だが、私の考えでは、床屋の掘った穴から生えてきた多数の葦と、パスカルのいう水辺の一本の葦とは別物なのである。なぜかというと、王様の秘密を暴きたくて風が吹いてくるのを待ち構え、「王様の耳はロバの耳」「王様の耳はロバの耳」と囁くような葦の仲間から自立するためにこそ、水辺の一本の葦は、考えることを真剣に行おうとしたからだ。そして、考えることは、無限の空間の永遠の沈黙から自分を守るために、なくてはならない武器なのである。

月村氏は、くだんの文章の中で「群れ人間」と「孤立者《ソリタリ》」という対比をもちいながら、葦というのはもともと群生するもので、水辺の葦も含めすべて「群れ人間」をあらわしていると述べている。とはいえ、群れ人間とは、床屋や床屋の掘った穴から生えてきた無数の葦たちであって、自然のなかで最も弱いが、自分がどこから来てどこへ行くのかを考えようとする葦こそが、本物の「孤立者《ソリタリ》」といえないだろうか。

フェイスブックなどは、「群れ人間」が集うところで、「孤立者《ソリタリ》」の甘んじて受け入れるところではないという向きもあるかもしれない。しかし、そういうなかにあってもあえてミダス王のようにふるまいたいという思いのもとに、これらの文章は書かれている。世の「孤立者《ソリタリ》」たらんとする人々の目にふれることができるならば、幸いである。

目次

V 時代と歴史と知と

VI 日々、様々な思いに

装幀　倉本 修

I

宮沢賢治と蝦夷

山おろしの風

今日は、強い風が一日中吹いていた。外秩父の山並みに、黄色い花粉が立ちこめ、山おろしに乗ってこちらに向かってくる。幸い、花粉症とはまったく縁がなく、花粉風に巻かれても、くしゃみも鼻水も出ない。幼いころに、杉山の近くで過ごしたせいか、抵抗力がついているのかもしれない。

どっどど　どどうど　どどうど　どどう
青いくるみも吹きとばせ
すっぱいかりんも吹きとばせ
どっどど　どどうど　どどうど　どどう

よく知られた宮沢賢治の「風の又三郎」の書き出しだ。この風は、まちがいなく山おろしの風なのだが、「すぐうしろは栗の木のあるきれいな草の山でした」とあるだけで、背景の山並みについての叙述があまりない。「谷川の岸」の小学校の向こうには、草原が遠くまで広がっているとなっている。

ところが、宮沢賢治の生地花巻には、花巻温泉と西鉛温泉へ向う軽便鉄道が通っていて、電車は、谷川と山並みに沿って走っていた。いつも乗っていた者には、その風景は、見慣れた、当たり前のものだった。だから、この「谷川の岸」の小学校も、ああれだとすぐイメージできる。

私は、二歳から七歳まで、その軽便鉄道沿いの大沢温泉という地で過ごした。谷川も山並みも、幼児の心には何か魔物が棲んでいるような怖いところだった。だから、「風の又三郎」の「どっどど　どどうど　どどうど　どどう」が実感としてよくわかる。青黒い山並みから、黄色い花粉を乗せた山おろしの風が、どーと吹いてくる。

そんなものに、幼いときから鍛えられてきたのだから、いまさら花粉症になどなるわけはない。だが、やはりあの山には魔物のようなものが棲んでいるという思いは、意識の奥に植えつけられているような気がする。

……………

山を住処とする人

幼少期を過ごした花巻の大沢温泉の建物は、裏が崖のような山になっていた。大雨が降ると、ゴゴゴーと土砂がなだれてくるような気配がした。その山には、炭焼きを家業とする一家が住んでいて、湯治場を兼ねていた祖父の旅館によくやってきた。炭焼きのおじさんは、お湯に入りながら、いろいろな話をしてくれるのだが、山を住処とする人の話は、ほんとうに怖かった。

顔が赤ら顔で、髪を伸び放題にし、子供をつれて時々、ぬっと姿を現す。言葉をしゃべらないので、何がほしいのかわからない。いつも残った食べ物を与えるといつの間にかいなくなる。彼らは、三陸沖に漂着した外国人の末裔で、土地の人びとから危害を加えられないように山にこもった。そのまま住み着いて、彼らの間では異国の言葉でしゃべっているようだが、自分たちとは決して話そうとしない。時々、里の子供をさらっていくという噂なので、坊やも気をつけたほうがいい。

そんな話をしてくれるのだが、私には炭焼きのおじさんの方が、よほど山人のように思われてならなかった。一緒にお風呂に入っているときはいいが、出たらそのまま山に連れ去られそうな気がして怖かった。私たち親子が居候していた、祖父の温泉旅館には、大浴場があって、ガラス窓の向こうに豊沢川の流れが臨まれた。宮沢賢治も、何度か大沢温泉に来ていたようだが、もしかしたら、私たちの住んでいた温泉旅館の近くにも、来たことがあったのかもしれない。

義理の祖母

大沢温泉に住んでいたのは、いまから六〇年以上前。二歳から七歳までの五年間だった。国鉄の技術研究所で新幹線の研究を進めていた父の、不慮の死に見舞われてから、母は、五歳の兄と二歳の私を抱えたまま、とるものもとりあえず郷里に帰ったのだった。普通だと、自分の実家に身を寄せるところだが、昔気質なのか、一度嫁に行った者は、たとえ夫が亡くなっても、実家の敷居をまたぐことはできないと考えていたようなのだ。

幸い、父方の祖父は息子の死を悲しむ暇もないように私たちの面倒を見てくれ、自分のやっている温泉旅館に呼び寄せてくれたのだった。もともと、宮沢賢治と同年代の祖父は、大地主の長男として、広大な田畑を継いだにもかかわらず、百姓を嫌い、たまたま後妻に迎えた女性が、半分水商売の出のような人だったため、サービス業に就こうと考え、大沢温泉の大きな旅館の管理者のような職を得ていたのだった。女将は、後妻の女性で私からすれば義理の祖母に当たる方だった。

この人が、幼年期の私に与えた影響は測り知れないものがある。遠野の商家の娘として育ちながら、どこか民話の語り部のような素養があり、また田舎出には似合わぬ垢抜けたところもあって、客あしらいのうまさには、幼心にも感心したものだった。私は、この祖母の膝に抱かれて、いろいろな話をしてもらったのだが、そのほとんどが、遠野物語に出てくるような民譚だった。話が終わると決まって祖母は、「わだすら、蝦夷《えぞ》だがらなっす」というのだが、幼い私には、その「蝦夷」という言葉の意味がわからないまま、不思議な語感に知らないうちに染まっていったのだった。

蝦夷地

『遠野物語』の遠野が、岩手県のどのあたりに位置しているかというと、東日本大震災のあった三陸海岸の釜石と内陸の花巻と胆沢を結ぶ三角形の中心点あたりを思い描くといいだろう。といっても、三陸海岸と花巻はだいたいわかるが、胆沢というのは、わからないという人が多いのではないだろうか。中学校の歴史で習った坂上田村麻呂が蝦夷征服のために築いた胆沢城といえば、ああ、あれかと思い当たるかもしれない。その胆沢城址は、現在では花巻より南に位置する奥州市に属している。

奥州市というのは、市町村統合によってできた名前で、かつては、水沢市と江刺市に分かれていた。いまでも東北新幹線には、水沢江刺駅という駅名がある。東北新幹線で、岩手青森に向かうときには、ぜひともこの水沢江刺駅で途中下車していただきたい。

ホームからでも、駅舎を出てからでも、どこか空気がちがうというか地形がちがうというか、不思議な印象にとらえられる。なかには、自分の生まれる前の原風景に出会ったような感覚に襲われる人もいると思う。それが、蝦夷地の風景なのだ。

蝦夷というのは、大和朝廷が東征を行うずっと以前から、東北の地に住み着いていた民族の名で、北海道のアイヌにもどこか通ずるところがあるといわれている。その蝦夷地の中心になるのが、平泉、水沢、江刺、胆沢、花巻、遠野といわれる土地だった。なぜかというと、蝦夷の長といわれたアテルイが直接統治していたのが、この地域だったからだ。よく知られているように、坂上田村麻呂が大和朝廷から遣わされて、この蝦夷地を征服したのが九世紀のはじめ。田村麻呂は、アテルイの率いる軍勢と戦った末に、彼らを降伏へと導いた。歴史では、征夷大将軍の称号を得た坂上田村麻呂は蝦夷を征伐し、この地に胆沢城という広大な城を築いたとされている。

しかし、中学校の歴史では教えていないことがあって、坂上田村麻呂率いる朝廷軍とアテルイ率いる蝦夷の軍勢との戦いが、凄惨を極めるものであったということだ。蝦夷は、いまでいうゲリラ戦法で徹底抗戦を行ったのだが、大和朝廷軍は、穴倉にこもって抵抗する蝦夷の軍勢を殲滅させることで、最終的にはこの地を征服した。その痕跡のひとつが、平泉の奥の厳美渓という渓谷の近くに残っている達谷窟《たっこくのいわや》だ。いまでは観光地になっていて、坂上田村麻呂が蝦夷を征伐するための拠点とした地といわれている。実際は、蝦夷が朝廷軍に対して抵抗した拠点といった方がいい。大きな岩でつくられた城のようなものに、さまざまなくぼみや穴のようなものがあって、とても居城とは思われないのである。

宮沢賢治の『春と修羅』にもこれを詠んだ詩があるが、詩だけではなく童話のいたるところに、宮沢賢治は、自分が蝦夷の末裔であることを匂わせている。彼の活動したあとをたどっていくと、花巻、江刺、胆沢、水沢、岩泉とまさにアテルイが直接統治した地域にあたるのだ。だが、遠野だけは直接ふれたところがなく、そのために、遠野は、宮沢賢治からも蝦夷からも遠い幻想の土地とみなされてきたところがある。それに一役買ったのは、柳田国男の『遠野物語』なのである。

……………

蝦夷の王アテルイ

どっどど　どどうど　どどうど　どどう
青いくるみも吹きとばせ
すっぱいかりんも吹きとばせ
どっどど　どどうど　どどうど　どどう

谷川の岸に小さな学校がありました。

教室はたった一つでしたが生徒は三年生がないだけで、あとは一年から六年までみんなありました。運動場もテニスコートのくらいでしたが、すぐうしろは栗の木のあるきれいな草の山でしたし、運動場のすみにはごぼごぼつめたい水を噴く岩穴もあったのです。

宮沢賢治「風の又三郎」は、こんなふうにはじまるのだった。この谷川の岸の小さな小学校というのはどこだろうかと考えていくと、少なくとも、宮沢賢治が育った花巻の周辺でないことがわかってくる。花巻は、北上平野にかこまれた小都市で、河といえば北上川という一級河川がうねるように流れているものの、谷川というのは見当たらない。しかし、私が育った大沢温泉まで来ると、豊沢川という北上川の支流が流れていて、大沢温泉から鉛温泉、西鉛温泉と上流に行くにしたがい流れの急な谷川になっていく。

私は、二歳から七歳になるまでの五年間を大沢温泉で過ごしたので、最後の年が学齢に当たった。ところが、大沢温泉には、小学校がなく、鉛温泉まで軽便鉄道で行かなければならない。この、鉛温泉に行く途中にあった小学校が、「風の又三郎」に出てくる小学校にそっくりなのだ。すぐ近くに豊沢川が流れていて、校庭の向こうに草山のような小高い丘が続いている。私たちの年代は、子供が多かったので、学年ごとにクラスが出来ていたのだが、全学年あわせても五〇人に満たなかったのではないかと思う。だから、「風の又三郎」を読んだときには、あの小学校がすぐに浮かんできた。だが、

どっどど　どどうど　どどうど　どどう
青いくるみも吹きとばせ
すっぱいかりんも吹きとばせ
どっどど　どどうど　どどうど　どどう

という風の歌がどこからやってきたのかは、すぐにはわからなかった。小学校でそんな歌をならったおぼえも、歌ったおぼえもなかったからだ。記憶をたどっていくうちに、祖母が話してくれた昔話のなかに、それに似た歌があったことに気がついた。それは蝦夷の王アテルイが人びととの前に姿を現すときのテーマソングだった。アテルイは、慈悲深く、勇気に富み、ふだんは城の奥に住まっているのだが、不幸に見舞われ、苦しんで

いる人がいるとどこからともなく姿を現して、その人に救いの手を延べてくれる。そのとき、

どっどど　どどうど　どどうど　どどう
青いくるみも吹きとばせ
すっぱいかりんも吹きとばせ
どっどど　どどうど　どどうど　どどう

といった歌がどこからともなく聞こえてくる、といって祖母はその歌を歌って聞かせたのだった。祖母は宮沢賢治の童話を読むような人ではなかったので、その通りに歌ったのではないのだが、あの風の歌に似た歌を何度も歌ってくれたことだけは、まちがいなかった。しかも、決まってそれはアテルイのテーマソングとして、祖母のなかに刻み込まれている歌だった。

達谷《たった》の悪路王《あくろおう》

宮沢賢治の『春と修羅』に「原体剣舞連《はらたいけんばいれん》」という詩がある。「mental sketch modified」というサブタイトルがつけられているので、『春と修羅』のテーマである心象スケッチのひとつとして読まれている。しかし、この詩の冒頭に出てくる「ダーダーダーダーダースコダーダー」というオノマトペにはどこか恐怖の旋律といった趣がある。

というのも、幼い頃祖母に連れられてこの剣舞を観にいったことがあるからだ。祖母は、自分の実家の遠野と、父の弟で私にとって叔父に当たる人の家を訪ねる用事があって、私と兄を連れて大沢温泉を出発したのだった。遠野の家というのがどんな家だったかあまり記憶にないのだが、叔父が婿養子に入った江刺の岩谷堂の家というのは、実に立派な醤油問屋か何かだった。そこで祖母は用事を済ませ、ちょうど江刺の原体で剣舞をやるという話を聞きつけ、ぜひとも孫たちに見せたいといって連れて行ってくれたのだった。

バスか何かで叔父の住んでいる岩谷堂から原体まで足をのばし、わざわざ剣舞を観るのには理由があった。娘の頃に、遠野から江刺に働きに出ていた祖母は、お祭りというと、この原体剣舞連がやってきて異様な踊りを踊るのに、強くひきつけられ、どうしてだろうと祖母の祖母に聞いてみた。すると、あれは蝦夷の踊りで、おまえは蝦夷の血を引いているからなのだと教えてくれた。そして、祖母の祖母は決まって「わだすら、蝦《え》夷《ぞ》だがらなっす」というのだった。そんな話をしているうちに、原体剣舞連が始まるのだが、まさに、宮沢賢治の詩の通りだった。

dah-dah-dah-dah-dah-sko-dah-dah
こんや異装《いそう》のげん月のした
鶏《とり》の黒尾《くろお》を頭巾《ずきん》にかざり

片刃《かたは》の太刀をひらめかす
原体《はらたい》村の舞手《おどりこ》たちよ

この「ダー ダー ダー ダー ダースコ ダー ダー」というのが、舞手が胸にかかえた太鼓をたたく音と彼らの唸るような声との入り混じった異様な雰囲気をつたえているのだ。私は幼いながらにこのおそろしいような舞と旋律とは、真っ暗闇からやってくる者を迎える歌ではないだろうかと思ったものだ。そして、私の直観はまちがいなかった。それは、蝦夷のアテルイを迎える踊りだったのだ。そのことを知っていた宮沢賢治は、次のような詩句を忘れないのである。

むかし達谷《たった》の悪路王《あくろおう》
まっくらくらの二里の洞《ほら》
わたるは夢と黒夜神《こくやじん》

首は刻まれ漬けられ
アンドロメダもかゞりにゆすれ
青い仮面《めん》このこけおどし
太刀を浴びてはいっぷかぷ
夜風の底の蜘蛛《くも》おどり
胃袋はいてぎったぎた
dah-dah-dah-dah-dah-sko-dah-dah

達谷《たった》の悪路王《あくろおう》というのが、達谷窟《たっこくのいわや》を城としていた蝦夷の王アテルイなのだ。そのことを知っていたのは宮沢賢治だけではなく、私の祖母も祖母の祖母も、蝦夷地といわれるところに暮らしてきた人々はみな知っていたのである。そのことを孫たちに教えたくて、祖母は、原体剣舞連を観につれてきてくれたのだった。

大沢温泉に帰ると祖母は、寝床でアテルイの昔話をしてくれるのだが、決まってアテルイが登場するときのテーマソングは、「どっどど　どどうど　どどうど　どどう」「どっどど　どどうど　どどうど　どどう」なのだ。しかし、祖母の節回しは、「風の又三郎」の風の歌ではなく、あの原体剣舞連の「ダーダーダーダーダースコダーダー」という異様な太鼓の音に似ているのだった。

……………

蝦夷のリズム

宮沢賢治の『春と修羅』から「原体剣舞連」について考えてみたが、岩手には民俗芸能として、この他に「鹿踊《しし》り」というのがある。こちらは鹿の角をあしらった面を被り、たてがみを揺らしながら、何人かの踊り手が輪を描いて踊るものだ。この「鹿踊り」については、「鹿踊りのはじまり」という短い童話が『注文の多い料理店』に入っている。

その書き出し。

そのとき西のぎらぎらのちぢれた雲のあいだから、夕陽は赤くななめに苔の野原に注ぎ、すすきはみんな白い火のようにゆれて光りました。わたくしが疲れてそこに睡りますと、ざあざあ吹いていた風が、だんだん人のことばにきこえ、やがてそれは、いま北上の山の方や、野原に行われていた鹿踊りの、ほんとうの精神を語りました。

あの「どっどど　どどうど　どどうど　どどう」「どっどど　どどうど　どどうど　どどう」という風の歌がどこかから聞こえてくるような緊迫した語り口だ。しかし、読んでいくと、主人公の嘉十が置き忘れた白い手ぬぐいをめぐって、不思議な生き物でも詮索するように何匹かの鹿が、輪を描いて回りはじめるという話になっていく。私の考えでは、宮沢賢治は、このあと鹿たちが、何事かに目覚め、「ダー　ダー　ダー　ダー　ダー

スコ　ダーダー」といった「原体剣舞連」に似た踊りをはじめるように続けたかった。でも、そこのところは少し禁欲的になって、あくまでも子供向けのお話におさめていった。

しかし、実際の鹿踊りを花巻のお祭りなどで観ると、もうカルチャーショックを受けてしまう。それほど、激しい太鼓の音と異様な鹿の面と舞い手の動きなのだ。私は、子供の頃から何度も観ているが、あの「ダー　ダー　ダー　ダー　ダースコ　ダーダー」という太鼓の音と、「テンテラテラテラ　テンテラテー」という撥の音と「ホオー　ホオー　ホオ　ホオー　ホオー　ホ」という囃子の声が聞こえてくると、血が騒ぎ肉踊るような境地に誘われていく。そして、これこそが蝦夷のリズムではないだろうかと思われてくるのである。

トーテム神を殺した熊

「なめとこ山の熊」は宮沢賢治の童話の中でも、比較的長く、物語性も顕著なためか、さまざまに論じられてきた。しかし、猟師の小十郎が木に登っている熊を仕留めようとしたとき、

「もう二年ばかり待ってくれ、おれも死ぬのはもうかまわないようなもんだけれども少しし残した仕事もあるしただ二年だけ待ってくれ。二年目にはおれもおまえの家の前でちゃんと死んでいてやるから。毛皮も胃袋もやってしまうから」

と懇願され、結局熊の言い分を聞いてやることになるのだが、熊のいう「少しし残し

た仕事」というのは何だろうかと問いかけたものはあるのだろうか。問うても詮ないことで、ここのところは、死に直面したとき、誰の胸をも突いてくる言葉と読んでみれば、それでいいという考えもある。

しかし、それでもなお、熊の場合には、二年かけてし遂げなければならない仕事とは何だろうかと問いかけてみたくなる。それは「鹿踊り」と関係があるのではないか。熊は死を約束された二年間の間、何とかして自分が以前に傷つけた鹿たちに会って詫びたいと思った。お前たちを傷つけるつもりも殺すつもりもなかったのだが、たまたまそこに居合わせたために、そういうことになってしまったということを告げようとした。

しかし、そのあたりでは鹿はたんなる鹿ではなかった。彼らは、蝦夷という名の人間たちに祭られた神であった。熊はそんなことをつゆ知らず、たまたま出会った鹿をその太い手で殴り、傷つけ、殺害したのだった。いわば、トーテム神を殺した廉で、小十郎に撃たれる前にすでに、死ぬことを約束されていた。熊は、二年の猶予をもらって、何とか鹿の神々にあって、自分の罪を告白しようと考えたのだ。

禍々しさと悪の意識

宮沢賢治というと、自己犠牲と無垢な魂の象徴のように思われてきた。実際、彼が残した童話作品や詩作品、さらには「手帳から」とされている「雨ニモ負ケズ」などを読むと、そう考えて間違いないように思われてくる。しかし、「春と修羅」という詩のなかの

いかりのにがさまた青さ
四月の気層のひかりの底を
唾《つばき》し　はぎしりゆききする
おれはひとりの修羅なのだ

という一節を読んだりすると、自分の中の汚れというか悪の意識というかそういうものに、悩まされてきたことがわかる。

このことからわかるのは、宮沢賢治の蝦夷としての自覚というのが、滅ぼされた民や征服された民族を美化するといったものではないということだ。蝦夷を象徴するような、鬼剣舞の太鼓のリズムや鹿踊りの異様な動きといったものが、決して滅びの美しさといったものではなく、どこかぞくぞくするような禍々しさを印象づけずにないということに注意してみたい。

蝦夷は確かに大和朝廷によって滅ぼされたのかもしれない。が、彼らもまた、いつかどこかで自分たちよりも弱小なものを滅ぼすことによって、奥州の地を治めてきた。その王アテルイというのは、坂上田村麻呂と戦って敗れたのだが、敗れる以前にその土地の人々を何らかのかたちで従わせてきた。

そんなふうに考えてみると、猟師の小十郎が熊を仕留め、その皮と胆嚢を何がしかの金に変えて生活しているのは、みずからの手を汚していることであり、そのために、熊が手段とされたということになる。そして、宮沢賢治は、この小十郎の立場に自分をおいているかに見えるのだ。それでは、小十郎に殺されそうになって、二年の猶予を懇願する熊は、無垢なるものかというと、決してそうではない。熊もまた、鹿を殺してきたという過去をもっていた。では、鹿だけが殺されるだけの絶対弱者かというと、鹿もまた鹿踊りの異様なリズムに象徴されるような禍々しさを身に着けていた。

鹿を蝦夷のトーテム神と考えてみたが、それはすべてのものから攻撃され敗れ去るものであるからなのではなく、どのような外敵にも攻撃を仕掛け、征服しようとするものだからなのだ。そういう意味では、鹿をトーテム神とする蝦夷こそが、攻撃的で、征服欲の塊のような民族と考えることもできる。少なくとも、宮沢賢治はそう考え、自分のなかに蝦夷の血が流れているというときには、そのような悪の自覚について語っていた。

「大風呂敷」後藤新平

宮沢賢治が、岩手、花巻の人で、大正から昭和にかけて多くの詩や童話を残したということは知っていると思うが、もし彼が、三〇代で病死することなく、昭和の戦前期から戦中戦後と生き抜いて、多くの作品を残していたらと考えたことはあるだろうか。

というのも、宮沢賢治という人は、小林秀雄より六歳年長なだけ、谷崎潤一郎より一〇歳も年少、高村光太郎など一三歳も上の大先輩だったのだ。だから、戦中期に小林秀雄が『無常という事』を書き、谷崎潤一郎が『細雪』を書き、高村光太郎がいくつもの戦争詩を書いていたときに、宮沢賢治は、岩手・花巻に蟄居して、イーハトーヴを舞台にした長編の童話を書いていたことも、あながち想像できないわけではないのである。戦争が終わった年、彼はようやく四九歳を目の前にしていたはずで、夏目漱石が亡くなった年ではあるものの、詩人としても作家としても、まだまだ脂の乗った年齢ということができる。

しかし、宮沢賢治だけは、こういう想像をすべてチャラにしてしまうようなところがある。そこに彼の存在感があるのではないかと思われるのだ。花巻を中心にした岩手の地に、イーハトーヴという理想の国を夢見たり、北上川の岸辺をイギリス海岸と名づけたり、その現実離れした想像力は、やはり彼のなかを流れる蝦夷の血に由来するのではないだろうか。それが、現実においては若き日の彼を駆り立てて、家出同然に上京し、田中智学の国柱会の門を叩かせたともいえる。

とはいえ、彼のなかには、壮大なコスモロジーが秘められていたとしても、田中智学のように日蓮宗による国家主義イデオロギーを「八紘一宇」とみなすような考えは、つゆほどもなかった。

「風の又三郎」に出てくるような谷川を望む小さな小学校で一年生を過ごした私は、花巻から南に下った水沢という町に引っ越すことになった。祖父の旅館で、女将業を祖母から伝授された母が、独立することになったからだ。昭和三〇年のころ、東北本線の水沢駅周辺に区画整理事業が持ち上がり、駅周辺に商業地を開発するという計画が立てられた。その情報を常連客の一人から受け取った母は、子供の将来と自分の運をも賭けて、その一角に旅館を建てることを決心したのだった。

一年生の二学期に、水沢の小学校に転校した私は、講堂といっていいような立派な会場に立たされ、先生方に紹介されたのだが、その講堂には、三人の「偉人」の大きな写真が掲げられていた。

その写真の主は、幕末の蘭学者・高野長英、二・二六事件で狙撃された当時の内務大臣・斎藤実、そして台湾総督府民政長官、満鉄初代総裁、関東大震災直後の内務大臣で、帝都復興計画を進めた後藤新平だった。なかでも、気宇壮大な事業を構想して「大風呂敷」と渾名された後藤新平は、宮沢賢治より四〇歳も年長ながら、まちがいなく蝦夷の血を引く人間だった。

宮沢賢治が、岩手・花巻にイーハトーヴという理想の国を夢見ていたのに対し、後藤新平は、台湾から満州・ロシアと壮大な王道楽土を夢見ていた。そして、初代韓国統監を辞したばかりの伊藤博文とロシア蔵相ウラジーミル・ココツェフとのハルビンでの会談をお膳立てをしたのも、この後藤新平だったのだ。

蝦夷弁の口調

岩手の水沢には、後藤新平記念館というのがあって、私が転校した小学校のすぐ隣に位置していた。駅周辺の区画整理地域の一角に旅館を建てることにした母は、完成するのが待ち遠しかったのか、まだおがくずなどが玄関に山となっている建物に、引っ越してきたのだった。私は、転校したばかりの小学校に、毎朝、そのおがくずの山を分けて、登校した。

校門のあたりにさしかかると、大きな後藤新平記念館が見えてきた。毎日、それを見上げるようにして、校門をくぐっていったのだが、特別、後藤新平に引かれていたわけはなかった。花巻の奥の谷川の岸辺にある小学校の周辺には、建物らしい建物はなく、高いものといえば谷川の向こうの山だけだった。だから、その記念館の建物は、私には新しい小学校のシンボル的な存在になったのだった。

それほど親しい後藤新平記念館だったが、実際に中を見学したのは、三〇代に文芸評論を本格的にやるようになってからだった。自由民権運動の主導者として知られる板垣退助が、暴漢に襲われたとき、内務省衛生局に勤める後藤新平の診療を受けたということや、その後、台湾総督となった児玉源太郎に抜擢されて、民政長官に就任したということを知るようになり、日本の近代化に後藤新平が思わぬところで寄与していることに気がついたからだった。

三〇代の半ば、当時学習塾をやっていた私は、八月に二週間ほど夏休みをとって水沢の実家に家族ともども滞在するのが習いだった。そんなある日のこと、母校の小学校のあたりを散歩しながら、立派に建て直された後藤新平記念館を訪れたのだが、そこに所蔵された豊富な資料の中から一枚のレコードを見つけたのだった。

それは、「政治の倫理化」という演説の収められたレコードだった。それを、視聴覚室で耳にするや、私は驚いてしまった。大正一五年に録音されたそのレコードは、お世辞にも音質が保たれているといったものではなかったが、後藤新平の演説の口調だけは、はっきり聴こえてきた。そしてその口調は、ズーズー弁そのものだったのだ。私たちの話しているそれよりも訛りが強く、何とか意味をたどることができるものの、東北弁を聞きなれない人には何を言っているかわからないだろうと思われるものだった。

私は、その演説に耳を傾けているうちに、何だか熱いものがこみ上げてくるように思われた。祖母や、祖父や、叔父たちが小学生の私に蝦夷の話をしてくれるときの口調と、そっくりなのだ。

おまえは蝦夷の血を引いているのだから、大和と同じ人種だなどと思ってはいけないという内容の言葉が、諄々と説かれるのだが、それは、いつも訛りの強いズーズー弁でだった。しかし、私たちは、その方言に少しも引け目を感じることなく、花巻弁とか水沢弁とか名づけ、誇りさえ持って話していたのだった。

そのうちに、後藤新平の演説の言葉が、それから二〇年後の花巻にワープして、花巻農学校や羅須地人協会で生徒や聴衆を前に話す宮沢賢治のそれに重なって聴こえてきた。宮沢賢治は、「永訣の朝」をはじめ詩や童話作品に、東北弁を積極的に書き記しているのだが、それを話すときには、ズーズー弁で話していたのだ。それは、お笑いなどで揶揄的に話されるズーズー弁ではなく、蝦夷弁ともいうべき独特の口調だったのだ。

そのことに気がついてから、私には、エスペラントに親しんだ宮沢賢治が、一方で訛りの強いズーズー弁を話していたことを、確信するようになった。エスペラントに関心を持ったのは、イーハトーヴを夢見たからかもしれないが、自分の話すその方言を決して標準語で装おうとは思わなかったにちがいないと思うようになった。

東北砕石工場

東日本大震災で大きな被害を受けた気仙沼、陸前高田、大船渡の町に行くには、東北本線の水沢駅から上り列車に乗って平泉、一関《いちのせき》まで行かないといけない。それから、一関で下車し、大船渡線に乗り換える。

この路線にはじめて乗ったのは、小学校の三年生か四年生のときだった。陸前高田で、岩手の旅館組合の催しのようなものがあるということを聞きつけた母は、私と兄を連れて、大船渡行きの路線に乗っていくことになった。まだ蒸気機関車の頃で、いまなら二時間もかからないところを倍以上の時間、汽車に揺られて行くのである。

「ひらいずみー、ひらいずみー」と車掌のアナウンスが聞こえてくる。そこが、花巻や水沢とはどこか異なった蝦夷地の都のようなところであることを、祖母から話してもらっていた私は、はじめて通る平泉の町を車窓から食い入るように見つめたものだ。そして「いちのせきー、いちのせきー」というアナウンスで、下車するのである。岩手の南の玄関口に位置し、江戸時代には仙台の伊達藩直属の城下町で、南部藩の田舎町である花巻とは格がちがう。しかし、一関は、いつでも通過点に過ぎず、目的は別のところにあった。

そのときの目的地は、旅館組合の催しのある陸前高田だった。津波で大きな被害を受けることになる半世紀以上前の陸前高田の町は、潮の匂いのする整然とした海浜都市といっていい趣だった。母が、催しの会場に行っている間、私と兄は、その町の中心にある市庁舎のような建物の屋上から、太平洋の波が押し寄せてくる風景を飽かず眺めていた。幼い頃に鎌倉や江ノ島の海を何度か眺めていたことはあったのだが、陸前高田の海は、まったく異なった印象で迫ってくるものだった。海のずっと向こうから潮風にのって、大いなるものが押し寄せてくるような気配が、絶えずしていた。

私は、すっかり陸前高田の海が好きになって、それから何度も訪れるようになるのだが、昭和のはじめ、まだ大船渡線が開通して間もない頃に、宮沢賢治が花巻から東北本線に乗って、一関で下り、この大船渡線に乗り換えて、陸前高田ではなく、一関から数駅先の陸中松川という駅に下り立ったことを知ったのは、それから何一〇年も経ってからだった。病を得て、羅須地人協会の活動を休止せざるをえなくなった宮沢賢治が、自宅療養中という境遇にあまんじていたところ、思いがけなくも、東北砕石工場という肥料やコンクリートを作る会社から、技術指導員という名目での招聘を受けたのだ。

宮沢賢治の羅須地人協会での活動を耳にした東北砕石工場の工場主鈴木東蔵は、宮沢賢治にぜひとも肥料開発の技術指導員として、新たな事業にかかわって欲しいという思いがあった。自宅での病気療養と長い蟄居生活に思い屈していた彼には、思いもかけない朗報だった。しかし、一方において、事がそうたやすく進むとも思われないという予感は、否定しえなかった。職に就くに際して

あらたなる

よきみちを得しといふことは
たゞあらたなる
なやみのみちを得しといふのみ

という歌を詠んだ宮沢賢治は、その工場で何が起こるかを予感していたといってもよかった。

落魄の思い

宮沢賢治と東北砕石工場については、いまだにわからないことがあって、研究者の中でも意見が分かれるようだ。どういうことかというと、工場主の鈴木東蔵という人物が、彼のことをどこまで理解していたかということなのだが、表向きは、羅須地人協会での農業指導を高く買って、それを肥料の開発をはじめとする技術指導に生かしてもらいたいという思いがあったといわれている。

しかし、裏では、何といっても宮沢商店の跡取り息子なので、金融面において大きな援助を受けることができるという魂胆があったというのである。前者であれば、鈴木東蔵という人物は、賢治に通ずる理想家肌の経営者ということになり、後者ならば、かなりの戦略家で実利主義者であったということになる。

いずれにしろ、どちらの資質も持ち合わせていなければ、大正から昭和のはじめの奥州岩手の地で、事業に成功することなどありえない。そういう意味で、鈴木東蔵という人物は、たんに実利に通じていたというだけでなく、人を見る目があったといわなければならない。

実際、東北砕石工場技術指導員として仕事を始めた宮沢賢治は、程なくして、技術指導よりも、新しく開発した肥料の販路を拡大することをくわだてるようになる。それをしないと、工場自体が成り立っていかないことに気がついていくのである。そこで、病後の身に鞭打って、みずから「販売員」となり、岩手だけでなく宮城から秋田まで、足を伸ばし、奔走に明け暮れたという。

だが、現実がそう甘くはないことは明らかなので、賢治のおこなったことは、自分から志願して一介の「販売員」に身を落として行くことだった。おのれを落魄の身となしていくことにおいて、彼ほど相応しい人間はいなかった。その間、賢治は、以下のような言葉を手帳に綴っていたのである。

こゝろあまりに傷みたれば
わがおちぶれしかぎりならずや
わが身恥なく生くるを得んや
さこそはこころうらぶれたりと
あゝげに恥なくいきんはいつぞ

卑しくも身をへりくだし
あゝ、あざけりと屈辱の
もなかを風の吹き行けば

これらの言葉が、販路拡大のための実務的なメモの合間合間につづられる。思うように商談がならず、会社に報告書が提出できない。過度な奔走のため、癒えかけた身体に疲労が重くのしかかってくる、そういう事情が背後になかったとはいえない。

だが、この落魄の思いこそが宮沢賢治を象徴するものなのだ。私にとって、これこそがわが賢治であり、「あゝ、あざけりと屈辱の／もなかを風の吹き行けば」という言葉のむこうから、中原中也の「あゝ　おまへはなにをして来たのだと……　吹き来る風が私に云ふ」という言葉がやってくるのである。

野の雪はいま輝きて

四〇代の半ばに、C型肝炎陽性の診断を受け、インターフェロン治療を受けなければ、四〇代の終わりには、肝臓癌か肝硬変になるだろうと告知された。当時、インターフェロン治療は、保険が利かず、治療費が二〇〇万円以上かかるといわれていた。蓄えがないわけではなかったが、そのことを聞きつけた友人たちが、カンパを寄せてくれた。

郷里の水沢の同級生も、基金のように集めて届けてくれた。なかで、事業に成功し、市の長者番付の上位に載るような資産家になったO君は、特別に数一〇万円も届けてくれた。「小学校の頃から自分にとってスターだった君が、こんなところで死んではいかん」といった添え書きがされていた。私はどうやって、恩返しをしたらいいのだろうかと思うばかりだった。

その０君も、東日本大震災で二次災害に遭い、命を落としてしまった。たまたま病を得て、入院していたところ、陸前高田や大船渡から次々に被災者が運ばれてきて、病院を出されてしまった。その後、十分な治療が受けられなくなって、あっけなく亡くなったという。こんなところで死んだらいけないのは、君の方ではないかと心のなかで呟いたのだが、三・一一の死者たちのなかにまぎれて、言葉も見えなくなってしまった。

その０君と同じクラスに中林君という人がいて、家業が石灰肥料商店だった。私の家は旅館で、０君の家は南部鉄器の店で、他にも果物屋の子や釣道具店の子など、商家の子が多かったのだが、石灰肥料商店というのは、何を売っている店なのか、まったくわからなかった。

ところが、宮沢賢治の詳細な年譜をたどっていったところ、東北砕石工場の技術指導兼営業販売となった賢治は、何度も水沢の中林商店を訪れているのだ。この中林商店の当主というのが、鈴木東蔵と旧知の間柄で、事業家としての彼の理念の理解者だったらしく、最後まで協力を惜しまなかった。賢治の手で開発販売されることになった肥料を、中林商店はできるだけの言い値で買い取り、農家に購入を勧めるということを行っていたようなのだ。

その中林商店の当主というのは、たぶん、中林君の祖父に当たる人なのだろう。私は、そのことを知って、もう何十年も会っていない中林君の面影を思い浮かべながら、三・一一で被災した話も伝わってきていないので、元気でいることを願ったのだった。

そうして東北砕石工場の宮沢賢治は、中林商店のような良き理解者を得、順調に事が進んだかのように見えたものの、

あゝいつの日かか弱なる
わが身恥なく生くるを得んや
野の雪はいまかゞやきて
遠《とお》の山藍《あい》のいろせり

という言葉を手帳に書きつづけていた。その落魄の思いは、もはや彼個人のものでは
なく、恥じなく生きることのできない人びとすべてに対する祈りのようなものといって
よかった。そんなことを思いながら

野の雪はいまかゞやきて
遠《とお》の山藍《あい》のいろせり

というところを、何度も暗誦しているうちに、亡くなったO君のことが胸に迫ってき
て、思わず目頭が熱くなってくるのだった。

北上沖積層

東北砕石工場技術指導員兼販売担当の宮沢賢治は、実務のための細かな数字や販売先を記した手帳の空いた部分に、ほとんど判読不可能な字で、以下のような詩を書きつけていた。汽車のなかで、夕暮れの車窓を眺めながら、書き綴ったのだと思うが、言葉は次々に湧き出てきて、寂しいがしんとした詩になっていった。

たそがれさびしく
汽車にて行けば
あゝいま北上沖積層を
けぶりはほのかに

青みてながる
あるいは二列の
雲とも見ゆる

小学校の五年生の頃、水沢から花巻まで一人で汽車に乗っていったことがあった。小学校も高学年になったのだから、一時間程度の汽車の旅は十分できるにちがいないということで、乗せてもらったのだが、途中の黒沢尻駅（現在の北上駅）で、車両交換があり、私の乗っていた車両は、秋田の横手に向かう横黒線に入っていった。車内放送があったのだと思うが、何しろ一人旅は初めてだったので、何もわからなかった。夕暮れて、車窓には、山また山。花巻に向かうときに見える平野や北上川がどこまでいっても見えてこない。私は、不安になって、やってきた車掌さんに聞いてみた。

そのときはじめて、自分のいるべきではないところに紛れ込んでいたことを知り、からだの奥から震えがやってきた。親切な車掌さんは、次の駅で降ろしてくれて、もと来た方向の汽車に乗せてくれたのだが、そのときの不安と恐怖は、いま思い出しても、冷や汗が出るほどだ。

時代の巨《おお》きな病

夏目漱石の弟子森田草平が、二八歳のときに、講師をしていた文学講座の聴講生平塚明子（はるこ〈雷鳥〉）と心中未遂事件を起こしたのは、漱石四一歳のときだった。その二年前に『吾輩は猫である』によって作家としての成功を収めたものの、大町桂月の批評を必要以上に気にするところがあったりして、余裕のある作家といったおもむきではなかった。

しかし、平塚らいてうとの心中未遂事件で、深傷を負った森田草平には、師としてというよりも人間としての器量をあらわしていた。朝日新聞に、事件を題材とした小説『煤煙』の連載をすすめたこともさることながら、それよりも二年前の森田宛の書簡の文章には、三九歳の漱石が到達した境地のようなものが現れている。

「他人は決しておのれ以上はるかに卓絶したものではない。また決しておのれ以下にはるかに劣ったものではない。特別な理由がない人には僕はこの心で対している。それで一向差し支えはあるまいと思う。

君、弱いことを言ってはいけない。僕も弱い男だが、弱いなりに死ぬまでやるのである。やりたくなくったってやらなければならん。君もその通りである。死ぬのもよい。しかし死ぬより美しい女の同情でも得て、死ぬ気がなくなる方がよかろう」。

中村雄二郎『人類知抄―百家言』（朝日新聞社）にも載っていて、古今東西百人の名言のひとつに数えられているのだが、よく読んでみると、やはりこの言葉は、三九歳の年齢を生きた人間の最上の言葉といったところがある。しかし、宮沢賢治が三七歳のときに、やはり教え子の柳原昌悦に送った以下の手紙には、三九歳漱石の器量ではとても及ばない大いなるものの気配が感じられる。

「私のこういう惨めな失敗はただもう今日の時代一般の巨きな病、『慢』というものの一支流にあやまって身を加えたことに原因します。わずかばかりの才能とか、器量とか、身分とか財産とかいうものが、なにかじぶんのからだについたものででもあるかと思い、自分の仕事を卑しみ、同輩を嘲り、いまにどこからかじぶんをいわゆる社会の高みに引き上げに来るものがあるかのように思い、空想のみを生活してかえって完全な現在の生活をば味わうこともせず、幾年かが空しく過ぎて、ようやく自分の築いていた蜃気楼の消えるのを見ては、ただもう人を怒り世間を憤り、したがって師友を失い憂悶病を得るといったような順序です」。

「風のなかを自由に歩けるとか、はっきりした声で何時間も話ができるとか、自分の兄弟のために何円かを手伝えるというようなことは、できないものから見れば神の業にも等しいものです。そんなことはもう人間の当然の権利だなどというような考えでは、本気に観察した世界の実際とあまり遠いものです」。

「うわのそらでなしに、しっかり落ち着いて、一時の感激や興奮を避け、楽しめるものは楽しみ、苦しまなければならないものは苦しんで生きていきましょう。いろいろ生意気なことを書きました。病苦に免じてゆるしてください」。

こういう言葉が、あるとき不意に「雨ニモマケズ」の言葉に結晶したのではないかと思われるのだが、実際には、「雨ニモマケズ」は、宮沢賢治三五歳の時の言葉であり、それも東北砕石工場の販売員として奔走した挙句、再び病を得、療養していたときに携えていた手帳に書き記されたものなのだ。

それでは、漱石は結局賢治には及ばなかったのかといえば、それはちがう。煤煙事件から六年の歳月が流れ、漱石も四七歳の年齢を数えるにいたったとき、賢治に勝るとも劣らない手紙を残すことになるのだ。私たちは、それを『こころ』という小説の「先生と遺書」の章に読むことができる。

……………

星めぐりの歌

宮沢賢治のつくった歌曲は、全集に載っているだけで二一曲ある。「星めぐりの歌」「種山ケ原」「イギリス海岸の歌」など、今でも歌われる歌曲もあるが、他は歌詞と音符を眺めて、曲を想像するだけだ。といって、音符がまったく読めない私には、どういうメロディーなのかわからない。賢治好きの合唱団などが、全曲をユーチューブにでもアップしてくれるといいのだが。

この間、高倉健の遺作というべき映画「あなたへ」というのを観ていたら、妻役の田中裕子が刑務所の慰問をする童謡歌手という設定で、大勢の受刑者を前に歌曲を歌っていた。なんだか聞いたことがあると思って、調べてみたところ、宮沢賢治の「星めぐりの歌」だった。

富山刑務所の受刑者指導教官の高倉健が、慰問に訪れる田中裕子と一緒になったものの、幸せな結婚生活はそう長くは続かず、妻に先立たれてしまう。亡くなった妻から、自分の骨は故郷の長崎の海に撒いて欲しいという便りを受け取った夫は、退職して富山から長崎まで車の一人旅をする。ロードムービーの秀作といっていいだろうか、夫の高倉健だけでなく、旅先で出会うさまざまな人びとの姿が心に響いてくるような映画だった。

そんななかで、何といっても田中裕子の歌う「星めぐりの歌」がよかった。

あかいめだまの　さそり

ひろげた鷲の　つばさ
あをいめだまの　小いぬ、
ひかりのへびの　とぐろ。

オリオンは高く　うたひ
つゆとしもとを　おとす、
アンドロメダの　くもは
さかなのくちの　かたち。

大ぐまのあしを　きたに
五つのばした　ところ。
小熊のひたいの　うへは
そらのめぐりの　めあて。

「銀河鉄道の夜」でもケンタウルス祭にこの歌が流れていたと記憶しているが、宮沢賢治の清澄な心を象徴するようなメロディーだ。先生をしていて、よく生徒に歌を歌ってきかせるという人は、ぜひこの歌を歌ってみて欲しい。

……………

青い夜の風や星のように

映画「あなたへ」を観ていない人には何のことかわからないかもしれない。しかし、もう少し、この映画と宮沢賢治の関係について書いてみたい。いまだ解けないのは、なぜ高倉健の妻となる刑務所慰問の歌手田中裕子に、宮沢賢治の「星めぐりの歌」を歌わせたのだろうという問題だ。

脚本の青島武か監督の降旗康男、あるいは製作や企画にかかわった誰かが、この「星めぐりの歌」が特別に好きで、挿入歌に選んだ。まず、そう考えるのが妥当なところかもしれない。

しかし、この「星めぐりの歌」を歌う田中裕子が、結婚してまもなくこの世を去り、夫の高倉健に二通の手紙を残していたというストーリーは、宮沢賢治とは関係がないのだろうか。夫が直接手にした手紙の、「自分の骨は故郷の長崎の海に撒いて欲しい」という文面だけならば、宮沢賢治にそういう話はないので、無関係ということになる。

では、もう一通の手紙、長崎の平戸の郵便局に局留めにしてあるという手紙の文面はどうだろうか。シナリオを読むことができないので、正確ではないのだが、こんな内容の文面だったと思う。

あなたには　あなたの時間が　流れてる
だから　ここで　さよならよ

故郷まで　はるばる　逢いに来てくれてありがとう
わたしを　さがしてくれて　ありがとう
あなたは　これからも　自分の人生を　どうか生きて

私はこの場面を観ながら、何かこみ上げてくるものがあってしかたなかった。それは、まさに宮沢賢治に通ずるような何かなのだ。田中裕子がどうして刑務所の慰問をするようになったかについて、映画でどんなふうに説明していたかはっきりおぼえていない。自分の愛する人が刑に服していて、その人が亡くなってから刑務所の慰問を大切な仕事と考えるようになった、といったようなことだったか。

しかし、宮沢賢治を思わせるのは、このようなエピソードではない。大切な人を亡くして、寂しい風が吹き抜けるような人生を送っていた女性が、ようやく信頼できる男性とめぐり会って結婚することができた。しかし、彼女に残された人生は、一年にも満たないものだった。

そのような女性が、残された夫に何をつたえようとするだろうか。そう考えてみると、だんだん宮沢賢治に近くなってくるような感じがする。そう思って、上の手紙を読んでみると、ああこれは、宮沢賢治以外ではないと思われてくる。

しかし、賢治はあくまでも童話作家だ。こういう男女の機微を通して、別離ということの永遠の悲しみを描くということはしなかったはずだ。しかし、詩ではどうか。そう思って、詩作品を読んでみたところ、こんなのがあった。

わたくしどもは
ちゃうど一年一緒に暮らしました
その女はやさしく蒼白く
その眼はいつでも何かわたくしのわからない夢を見てゐるやうでした
いっしょになったその夏のある朝
わたくしは町はづれの橋で

村の娘が持って来た花があまり美しかったので
二十銭だけ買ってうちに帰りましたら
妻は空いていた金魚の壺にさして
店に並べて居りました
夕方帰って来ましたら
妻はわたくしの顔を見てふしぎな笑ひやうをしました
見ると食卓にはいろいろな菓物や
白い洋皿などまで並べてありますので
どうしたのかとたづねましたら
あの花が今日ひるの間にちゃうど二円に売れたといふのです
……あの青い夜の風や星、
　　すだれや魂を送る火や……
そしてその冬

妻は何の苦しみといふのでもなく
萎れるやうに崩れるやうに一日病んで没くなりました
（「詩ノート」一〇七一）

この亡くなった妻は、花の精でもあったのだろうか。いずれにしろ、残された夫は妻との別れをどんなにか惜しんだことだろうと思わせる詩だ。そういう永遠の悲しみを癒す言葉があるとするならば、それはどういう言葉なのだろう。あの映画の監督か脚本家かプロデューサーが、そういう問いをもってきて、最後にたどり着いたのが、

あなたには　あなたの時間が　流れてる
だから　ここで　さよならよ
故郷まで　はるばる　逢いに来てくれてありがとう
わたしを　さがしてくれて　ありがとう
あなたは　これからも　自分の人生を　どうか生きて

という言葉だった。では、宮沢賢治はどういう言葉を妻に語らせただろう。その場面を想像してみると「青い夜の風や星のように男の前に現れて、魂を送る火のように燃え尽きていった女が残したのは、ただ星めぐりの歌だけだった」というト書きとともに、「あかいめだまの　さそり／ひろげた鷲の　つばさ／あをいめだまの　小いぬ」というあの「星めぐりの歌」が聞こえてくる。そんなふうに私には思われるのだ。

……………

サキノハカという黒い花と

苦手なものはいろいろあるが、酒飲みとバカ話というのが生来受け付けない。会社勤めや組織に属することがなかったせいか、酒の席にいやいや連なることが少なくて済んだ。研究会仲間でお酒の好きな人は何人もいるが、彼らは酒飲みでもないし、バカ話などはしない。安心して、二次会で席を共にすることができる。

なかには、研究会の二次会だけでなく、好きで、バカ話をする酒飲みたちのいるバーやスナックに通う方がいた。いつかその方に、「よくそういう人たちと付き合えますね」と話したことがあった。「そういう連中と付き合えるようにならないと、ほんものの思想は生まれない」と答えられた。ところが、その後、お会いしたときには、「確かに彼らはとても付き合いきれるような連中ではないことが肌身にしみてわかった」といっておられた。よほど腹に据えかねることがあったのだろう。

宮沢賢治の詩を読んでいたら、こんなのに出会った。

サキノハカといふ黒い花といっしょに
革命がやがてやってくる
ブルジョアジーでもプロレタリアートでも

おおよそ卑怯な下等なやつらは
みんなひとりで日向へ出た蕈のやうに
潰れて流れるその日が来る
やってしまへやってしまへ
酒を呑みたいために尤もらしい波瀾を起こすやつも
じぶんだけで面白いことをしつくして
人生が砂っ原だなんていふにせ教師も
いつでもきょろきょろひとと自分とくらべるやつらも
そいつらみんなをびしゃびしゃに叩きつけて
その中から卑怯な鬼どもを追ひ払へ

酒を呑みたいために一波乱起こす連中というのは、たしかにいる。選挙などというと、それも国政選挙ではなく、地方の町会議員の選挙などというと集会場に陣取って、一日中酒を呑んでくだを巻いている。選挙どころか、冠婚葬祭でも、お祝いやお悔やみにやってきたのか、酒を呑みにやってきたのかわからない様子で、自分だけが面白いことをし尽くしたようなことを延々としゃべっている。しらふのときには、いつもきょろきょろと人と自分をくらべているのに、酒を呑むと人生は砂っ原だなんて、さもわかったようなことをいう。

「そいつらみんなをびしゃびしゃに叩きつけて／その中から卑怯な鬼どもを追い払え」と宮沢賢治はいうのだが、こういう本音の言葉というのは、詩人たちからはなかなか聞くことがない。そういう意味でも、宮沢賢治というのは一筋縄では行かない詩人だ。それを「サキノハカという黒い花といっしょに／革命がやがてやってくる」という何とも詩的な言葉で表現するのだから。

しかし、この本音の言葉は、やはり「雨ニモマケズ」には及ばない。この卑怯で下等な連中が、酒を呑みながら他人をなじったり、さらにしらふのときに、手を組んで他人を陥れたりすることがあっても、そのことを

北ニケンクヮヤソショウガアレバ
ツマラナイカラヤメロトイヒ
ヒドリノトキハナミダヲナガシ
サムサノナツハオロオロアルキ
ミンナニデクノボートヨバレ
ホメラレモセズ
クニモサレズ
サウイフモノニ
ワタシハナリタイ

といった言葉にあらわしていくことの方がずっと意味があるということを、宮沢賢治は知っていた。別の意味でいえば、「雨ニモマケズ」の言葉は、酒を呑みたいために一波乱起こす卑怯な連中というのが、大衆といわれる者たちの本質であるということをよく知った詩人の言葉なのだ。

……………

金色の獅子

宮沢賢治の「猫の事務所」という童話に、黒猫の事務長や白猫、トラ猫、三毛猫などの書記に混じってかま猫という猫が出てくる。どうして、かま猫というかというと「夜かまどの中にはいってねむる癖があるため」なのだが、「いつでもからだが煤できたなく、殊に鼻と耳には真っ黒に墨がついて、何だか狸のやうな猫」のせいか、いつもいじめられてばかりいる。それでも、たくさんのかま猫を代表して、書記になれたのだからと思い、じっと我慢している。

あるとき、病気の休み明けで出勤してみると、かま猫は自分の原簿もなくなり、猫たちからは完全に無視され、すっかり居場所を失ってしまう。この先どこにも行くあてがないような、心の中に隕石でも落ちてきたような、そしてその大きな暗い穴に呑み込まれてしまいそうな気分でいたところ、何かが現れる。事務長のうしろの窓の向うに、いかめしい獅子の金いろの頭が見えたのだ。

獅子は不審そうに、しばらく中を見ていましたが、いきなり戸口を叩いてはいって来ました。猫どものおどろきようといったらありません。うろうろうろうろそこらをあるきまわるだけです。かま猫だけが泣くのをやめて、まっすぐに立ちました。

獅子が大きなしっかりした声で云いました。

「お前たちは何をしているか。そんなことで地理も歴史も要ったはなしでない。やめてしまえ。えい。解散を命ずる」

こうして事務所は廃止になりました。

ぼくは半分獅子に同感です。

「ぼくは半分獅子に同感です」という語り手の言葉は、読む者に共感をあたえる。この世の中のすべての理不尽さを正すために、あるときこの金色の毛をなびかせた獅子のような存在が現れるということに、誰もが「同感」するからだ。吉本隆明は、この金色の獅子を「菩薩」になぞらえている。しかし、「菩薩」が衆生を救うというのはほんとうの救済ではない、最終的には、姿かたちが誰にもみえない「如来」が、暗いかまどの向こうからやってこなければならないといった意味のことを述べている。

天沢退二郎によれば、この「猫の事務所」には「初期形」が残されていて、それによると、最後の部分は次のようになっているという。

かま猫はほんとうにかわいそうです。それから三毛猫もほんとうにかわいそうです。トラ猫も実に気の毒です。白猫もたいへんあわれです。事務長の黒猫もほんとうにかわいそうです。立派な頭をもった獅子も実に気の毒です。みんなみんなあわれです。かわいそうです。かわいそう、かわいそう。

これはいったい何なのだろう。表現の態をなしていないこれらの言葉を通して、宮沢賢治は「如来」の慈悲ということを語りかけようとしたのだろうか。しかし、童話作品として、この表現は破綻している。金色の毛をなびかせて猫たちを踏みつける獅子の足の裏から、この「かわいそう、かわいそう」という声が聞こえてきたとでもすればいいのだろうか。

夜歩き詩篇

詩人の吉田さんから「てんでんこ」という雑誌が送られてきた。開いてみると、便箋一枚に親愛のこめられた内容の手紙がはさんであって、嬉しくなった。

しかし、雑誌の目次を見ると、吉田文憲という名前がどこにも見当たらない。自分の作品の載っていない雑誌を送ってくるはずはないので、どこかにあるはずだと思って、探していったところ「ざしき童子」という記名のコラムがあった。この記名だけで、吉田さん以外ではないだろうと思って、読んでいったところ、まさにそうにちがいないと確信するにいたった。

見開き一ページの二段組のコラムに、宮沢賢治の『春と修羅』第二集「有明」の冒頭

あけがたになり
風のモナドがひしめき
東もけむりだしたので

が引かれる。そして、この作品には先駆稿というのがあって、そこには「ゆふべから五里も離れて来た盛岡の町は」という一行があるとして、「どうもこのとき賢治は夜中に盛岡を出発して秋田街道を小岩井、雫石の方へ歩いてきたものらしい。五里、というと小岩井の方へ曲がり北上したのだろうか。ともあれ、岩手山麓の郊外から明け方の盛岡の町をふり返りはるかに眺めている詩である。いわゆるこれも賢治の「夜歩き詩篇」の一つであろうか」と続く。

短い文章だが、この土地勘の良さはなんだろうと思ってしまう。私なども、花巻から軽便鉄道に乗って大沢温泉、鉛温泉へと賢治が通っていくときの文章からは、その土地の匂いからはじめ、おおまかな地勢がすぐに目に浮かぶのだが、盛岡から秋田に抜けるそれについては、不分明なのだ。しかし、秋田の大館に生まれた吉田さんは、このあたりを原風景にしているので、賢治のたどった道がすぐに浮かんでくる。

それからもう一つ、「夜歩き詩篇」というのははじめて聞いた名だ。宮沢賢治研究を長くおこなっている吉田さんには、常識なのかもしれない。そういえば、賢治とか中也という詩人は歩くことがそのまま詩を書くことになっているところがある。しかし、彼らの歩きがおもに「夜歩き」だったとは知らなかった。

それはともあれ「ゆふべから五里も離れて来た盛岡の町は」の続きはというと、明け方近くになっても

アークライトの点綴や
また町なみの氷燈の列
ふく郁としてねむってゐる

さらには、

滅びる最後の極楽鳥が
尾羽をひろげて息づくやうに
かうかうとしてねむってゐる

となる。ここから吉田さんは「極楽鳥が尾羽をひろげて息づくという形容には、盛岡の町が郊外へ向かって羽を拡げるように伸びてゆく様子」を感慨をこめて見つめている賢治の目が感じられるという。明け方近く、岩手山の山麓から眺めおろしている賢治には、電灯のともった盛岡の町が尾羽をひろげて息づく極楽鳥のように見えたのだろう。

それは、電灯に照らされた町が郊外へと急速に拡がっていく姿を、ある感慨をもって眺めているということなのだが、この感慨は、文明の発展を好ましく思うということだけではないのではないかと吉田さんはいう。それは「滅びる最後の極楽鳥が」という言葉から汲み取れる。というのも、別の先駆稿には「滅する最後の爬虫の種族」という言葉があり、そこからするならば、ここには「盛岡の町が文明化し、郊外へと急速に発展していくのを嬉しく思いながら、一方でこの文明も、ヒトのかたちをしたふしぎな生物もいずれみなあの爬虫と同じ「滅する種族」でもあるのではないか」、そういう賢治の遠いまなざしが動いているように思われるからであるというのである。

宮沢賢治の詩についてこういう読みをする人は、吉田さん以外にはいない、だからコラムの「ざしき童子」という記名は間違いなく彼なのである。

II

東大闘争・全共闘へ

母の不在

吉本隆明の『母型論』（思潮社）に「大洋期」というのが出てくる。羊水のなかに浮かぶ胎児が、最初に不安に襲われる時期といえばいいだろうか。「母」が不在なために、広い大洋にぽつんと孤立した状態でとり囲まれてしまい、「母」をどの世界から呼び求めればいいのかわからないような心的境位といわれている。

こういう不安というのは、どこまで普遍的なものなのだろうと思うのだが、少なくとも感受性の鋭い人間というのは、おしなべてこの「母の不在」を経験しているのではないだろうか。たとえば、辻井喬の以下の文章。

僕がまだ、小学三、四年生の頃だったと思う。学校から戻ると母がいなかった。

夕方が近付くにつれて不安になった僕は、物置小屋を開けてみたり、近くの玉川上水の土手の近くまで行ってみたのを覚えている。不安が、母は自死してしまったという変な確信に向かって急坂を走り上るような気持ちになった時、母が玄関の戸を開ける音がした。

（『叙情と闘争』（中公文庫））

私も、子どもの頃に同じような経験を何度かしたのを覚えている。夜中に隣で寝ているはずの母の布団が蛻の殻になっていて、急いで一緒に寝ていた兄を起こし、街灯の明かりをたよりに駅まで駆けていった。なぜか終列車で帰ってくるような予感がしたのだが、実際、着物を着た母が、袱紗をかかえて改札口を出てくる姿に出会った時には、安堵と共に夢が現実となったような怖れを感じていた。

そんなことがあってから、私は寝床についてもなかなか寝つかれないようになり、隣で寝ている母に「眠れない、眠れない」と訴えかけることが頻繁になった。まだ一〇歳そこそこの子どもが、不眠症になるなどということがあるのだろうかと訝った母は、方々の病院に連れて行くのだが、どこの医者も気休めに胃薬のようなものをくれるだけで、相手にしてくれなかった。

しかし、私には、そのときの母が自分なりに相当悩み、吉本隆明のいう「大洋期」に当たるものを何度も顧みていたのではないか思っている。この子が胎内にあったとき、自分はほんとうに愛情を注いでいただろうか、それどころかいつもこころここにあらずといった態で、落ち着かない毎日を過ごしていたのではないだろうか、といったぐあいに。

たしかに若くして旅館の女将となって商売を切り盛りする母には、普通の女性では持ち合わせていないものをそなえていた。しかし、同じ女将でも大沢温泉の旅館の女将をしていた祖母には、「わだすら、蝦夷《えぞ》だがらなっす」という言葉に象徴されるような何ともいえない胆力のようなものが感じられた。私は、この祖母の膝に抱かれて大洋期の不安のようなものをなだめられていたのではないかと思う。

後年、母は更年期障害とともに強度の不眠症に陥り、子どもの頃の私のように「眠れない、眠れない」と訴えかけるようになった。そんなときには、私は祖母から授かった「わだすら、蝦夷だがらなっす」という言葉と心意気とを、それとなく母に示して安心させることをはかった。実際には、心療内科の名医といわれる先生に託して、診察の時には必ず付き添うようにし、服薬を絶やさないようにさせただけだが、その間の私の気遣いに、何かを感じてくれていたことはまちがいなかった。

……………

群蟬の鳴き声

今日は、終日雨だったが、夕方遅くになってやんだようだ。雨がやんだ頃から、蟬の鳴き声が、ひっきりなしにきこえてきた。群蟬というのだろうか、アブラゼミが群れをなして鳴いている感じだ。

群蟬というと、芭蕉の「閑けさや岩にしみ入る蟬の声」という句だ。この群蟬という言葉を使って、そこで鳴いているのはアブラゼミだという説をとなえたのが、斎藤茂吉だった。これに対して「岩にしみいる」のはニイニイゼミ以外ではないといって反論したのが、小宮豊隆なのだが、確かに芭蕉の句は、群蟬というよりも、ニイニイゼミとかヒグラシの澄んだ鳴き声のように思われる。

芭蕉というと、「夏草やつわものどもが夢のあと」で知られる奥州平泉が思い起こされる。この平泉に、高校三年の今頃、受験勉強の合間、自転車でよく出かけた。金色堂などはめったに行くことはなかったが、義経最期の地といわれた義経堂には必ず登った。麓に自転車を置いて、うねうねとした山道を登っていった。薄闇の迫る時刻で、まさに群蟬のなかを頂上までたどりついた。

小さな祠があって、それが義経堂なのだ。芭蕉の句はここ「高館《たかだて》」で詠まれたものとされている。当時の私は、とくべつ義経や弁慶に引かれていたわけでもなく、芭蕉の「夏草や」の句を愛唱していたわけでもなかった。蟬の群れ鳴くなかを汗をかきながら登っていくと、急にあたり一面がひらける、そして、そこから見渡せる北上川と衣川の交流する風景が、何ともいえずよかった。「ききもせず 束稲山《たばしねやま》の さくら花 吉野の外にかかるべしとは」という西行の歌でも知られる束稲山も、一望の下に見渡せる。

一七歳の私は、そのえもいわれぬ空間感覚を味わいたくて、自転車で一時間近くかかる平泉に、一人で出かけていた。しかし、いまから思えばその頃の自分が、自分でも気がつかない孤独感に、浸されていたのではないか。そういうメンタリティになかにいる人間にとって、義経堂からの風景というのは、不思議な気分を味わわせてくれるのだ。西行や芭蕉が、そこに登り、思わず、歌や句が口をついて出てきたのはそのためではないかと思われるのである。

とりわけ芭蕉は、元禄二年五月一三日、今頃の季節に群蟬の鳴きしきるなか、義経堂までの山道を登っていった。そのあいだ、山寺での感興とはまた異なった、まさに全身孤独ともいうべきものをひしひしと感じていたのではなかっただろうか。夕刻迫るなかに、あたりいちめんにきこえてくる群蟬の鳴き声。そのかまびすしいほどの寂しさによって、芭蕉の孤独は目覚めさせられたのだった。

そういう孤独にひたりながら、「夏草やつわものどもが夢のあと」という句を詠んだ芭蕉は、人間の孤独というのは、戦いの記憶のなかからやってくるということを直観していた。ここでつわものどもの戦いがあり、その夢のあとが広がっている、自分がいまこんなにも孤独なのは、かつてのつわものどもの戦いが、かたちを変えていまもやむことなく続けられているという、そのことから来るのだという確信があった。

芭蕉は、なぜ奥州の旅のあいだ袈裟のようなものを身に着け、僧形を装ったのだろうかと、詩人の佐々木幹郎が書いていた。なるほど、芭蕉には、あまたの戦いにおいて敗れ去った魂への鎮魂の思いが奥深くにあった。それが奥州の旅であり、至りついた平泉の地で一挙にそのことが現れてきた。そんなことを思うと、受験勉強という小さな戦いのなかで、少しばかり疲れていた一七歳の私が、平泉の義経堂に引き寄せられるように向かっていったのも、そういうことなのかと思われてくるのである。

特攻崩れの叔父

私が大学に入ったのは、一九六五年。六〇年安保と七〇年安保闘争の狭間の年で、高度成長の真っ盛りといった年だった。後に、七〇年安保闘争までつづいた大学闘争に巻き込まれることになるなど、予想だにせず、地方の高校生だった私は、晴れて東大の入学式に臨んだ。

もちろん、母親同伴だった。たいていの学生が両親同伴で、赤門の前などで写真を撮っているのに、私と母はどこか手持ち無沙汰の様子で立っていた。すると、岩手からわざわざ母の弟に当たる叔父が駆けつけてくれた。私たちは、ようやく三人で写真に収まることになったのだが、この叔父というのが、戦時中、予科練に入隊し、最後の特攻隊として飛び立つ直前に中止命令を受け、復員したという経歴の持主だった。

母方は、八人兄弟で男が五人女が三人。上の一人が、ガダルカナル戦で戦死、もう一人がシベリアの強制収容所で病死、一番下が特攻といったぐあいに、戦争の最前線にいた者ばかりだった。特攻崩れの叔父は、復員した後、闇屋ややくざに身を落とすことなく、全うな人生を送り六〇歳で亡くなった。しかし、何かあると、酒を浴びるように飲み、晩年は家族からも見放され、アルコール漬のような状態だったという。生き残った負い目のようなものから、一生逃れることができなかったのかもしれない。

この叔父は、お酒の飲めない私を酒の席に呼ぶのが好きで、たまに会うと、料亭か何かに連れて行ってくれるのだった。水沢の財閥という人の長女と結婚し、いくつもの会社の社長をしていたせいか、羽振りがよかった。それで何を話すのかというと、決まって、自分がなぜ予科練に入隊し、特攻隊に志願したかということだった。何人かいる甥の誰にも話さないのに、私にだけ話したのは、なぜだったのだろうかと思うことがあるのだが、文学のようなことをやっているというこの甥ならば、自分の思いを汲み取ってくれるかもしれないと思ったのでもあろうか。

文学青年でもなんでもなく、大学は建築科を出て、鹿島建設の研究所に勤務していたのが、郷里の財閥の娘に見初められて、帰郷したという経歴の持主だった。まあ、私は若い頃から聞き上手というか、人をそらせないところがあって、話し相手には格好だったのかもしれない。その叔父が亡くなってから、もう二〇年以上たつが、叔父のことを思うと、なぜか太宰治の『散華』の登場人物、三田君のことを思い出す。アッツ島で玉砕した三田君は、太宰のもとに、こんな葉書を送ってよこしたという。

御元気ですか。
遠い空から御伺いします。
無事、任地に着きました。
大いなる文学のために、
死んでください。
自分も死にます、

この戦争のために。

この三田君の魂のようなものを、生き残った叔父は、戦後ずっと背負い続けていたのではないかと、毎年、八月になると、そんな思いがやってくるのである。

……………

共死の感覚

大学に入って一年目の夏、友人数人と山中湖の合宿所のようなところに行った。それが、クラスの友人だったか、クラブの友人だったか、思い出せないのだが、その中の一人と、着いた日の夕方、一緒にボートに乗り、沖の方に漕ぎ出た。二人ともボートを漕いだことはあったので、ある程度要領はわかっていたのだが、さすがに、岸から遠く離れると心細くなってくる。だんだん言葉少なくなってきて、しまいにはまったく無言になってしまった。おたがいの不安が、透けて見えるような感じで、言葉を交わす気にはなれないのだ。

そうこうしているうちに、強い風が吹いてきて、波がざわざわと立ってきた。山間の湖などでは、よくある気象の変化なのだが、そのことを計算に入れずに漕ぎ出たものだから、いっぺんにパニックに陥ってしまった。二人とも、無言のまま岸に引き返そうとして、オールを動かすのだが、だんだん暗くなってきて、方向もおぼつかなくなってくる。波風は、いっそう激しくなってきて、漕げば漕ぐほど沖の方にゆり戻されていくような感じがした。このとき、このまま自分たちは冷たい湖に呑み込まれて、死んでしまうにちがいないという思いを、寸分変わらぬ形で確信していた。

その通りに、強い波風に押されたのと、オールの動きの変動から、ボートは斜めにかしぎ浸水し出した。ずぶずぶと沈んでいく様子を、ただ呆然と眺めているだけで、なすすべがなかった。自分たちはこうして死んでいくのだという絶望的な気分で、おたがいに見つめあったのだが、いまから思えば、死んでいくのは、自分ひとりではないということを確かめ合っていたのかもしれない。そのときの、何ともいえない共死とでもいっていいような感覚は、いまでもありありと思い起こすことができる。

結局、二人は、浸水するボートに掴まり、波風に押されるようにして漂流することになった。ボートなので、浸水しても簡単には沈没しない。そうして、小一時間ほど冷たい湖を漂流しているうちに、向こうの方から、近づいてくる救助船のようなものに気がついた。二人の姿が見えず、ボートが一隻なくなっていることに気がついた友人たちが、管理人に知らせ、救いの手を延べてくれたのだ。九死に一生を得た私は、合宿所に戻ると、暖炉のようなところで身体を温め、そのまま寝に着いたのだが、浅い眠りのなかで、何度も悪夢のようなものに悩まされた。

しかし、私は、そのとき死の怖れを共にした友人が誰だったのか、いまだに思い出せないのだ。たぶんその友人とはそのときかぎりで、おたがいに、無意識のうちで遠ざけるようになったせいではないかと思うのだが、もし再会するようなことがあったら、あのときのことを、ぜひとも話してみたいと思うのである。それも、四方山話をするかのようにして。

駒場第八本館籠城

中沢新一というと、宗教学者、哲学者、思想家などいくつかの肩書きをもった碩学の人として知られている。私なども、主要な著書から、さまざまなことを教えられてきたのだが、どこか甘さが残るような気もしてきた。最近でも『日本の大転換』(集英社新書)の原発批判について、『希望のエートス　3・11以後』(思潮社)で問題点を指摘した。今度、『僕の叔父さん網野善彦』(集英社新書)というのを読み、同じような経験をした。網野善彦が、農耕定住民の枠の中におさまらない人々のありかたに焦点を当てて、日本の歴史をとらえなおしたことはよく知られている。なかでも、そういう人々を「悪党」とか「ごろつき」とか「ばくち打ち」といった裏社会の存在とみなす視点など、新鮮な興奮をもたらしたものだ。中沢新一によると、こういう発想のもとに、六〇年代から七〇年代の新左翼への共感があるというのだ。

たとえば、佐世保闘争で原子力空母エンタープライズの寄港を阻止するために新左翼の学生たちが機動隊に向かって投石している場面をニュースで観た当時高校生の中沢氏は、あの投石には、何か意味があるのではないかと父親の中沢厚にたずねた。それは「飛礫」といって、民俗的な行事としてかつて行われたものであり、自分たちも子どもの頃に川を挟んで、隣村の悪童たちと投石合戦をおこなった。あの投石合戦は「飛礫」の名残と考えることができると父親はこたえた。そこから、「悪党」や「ごろつき」についての視点が生まれたのではないか、と中沢氏はいう。

それはそれで興味深い話なのだが、このあと、中沢氏はこのような投石が意味するものは、人類の原始に属し、歴史意識や権力の思考を超えたところに根ざしているという説明をくわえる。

しかし、私などが大学闘争の頃に経験した投石というのは、そんな甘いものではなかった。特に、東大安田講堂とは別に、駒場の第八本館というところに籠城していたとき、地上からビュンビュンと拳大の石が飛んでくる。投げているのは、日本共産党の青年組織民青暁部隊。投げ方に容赦がないというか、「飛礫」どころではなかった。窓ガラスが割れるくらいならたいしたことではないのだが、屋上めがけて次々に飛んでくる。投石器でも使用しているのではないかと思われるような勢いだった。

屋上から、こちらも石を投げ返すのだが、ヘルメットとタオルマスクぐらいでは危なくてしょうがない。身体や顔に、投石を受ける者は一人や二人ではない。私などは、怖くてできるだけ後方に陣取っていたのだが、顔から血を流しても、地上めがけて投石している者たちがいる。彼らが何者なのか、そのときにはわからなかった。バリケードを築くために、どこからともなくやってきて、籠城し始めたのだが、どの一人も顔におぼえがない。そのうちに、外部のセクト学生であることがわかってきた。

そして最終的には、このセクトの連中、のちに赤軍派といった党派を組むことになる者たちではないかと私は思っているのだが、彼らと民青暁部隊の投石合戦になった。その凄まじいことといったら、次々に重症の負傷者が出てくる。「悪党」や「ごろつき」というのは、まさに彼らのことにちがいないと後になって思った。

とはいえ、それは中沢新一や網野善彦のいうようなアジールとか、自由の根拠地としてのトランセンデンタルといった理念ではくることのできないもので、人間のなかの攻撃衝動や悪の意識といったものが、状況次第でどのようにあらわれるかの見本といっていいものだった。

民青暁部隊

小熊英二の浩瀚な『１９６８』（新曜社）を紐解くと、大学闘争についてはまったく経験がないにもかかわらず、よくここまでリサーチして書き上げたものと感心する。東大闘争についても、広範に資料を収集し、当時私などまったく知らされていなかったことにも、筆が及んでいる。同じ小熊氏の『〈民主〉と〈愛国〉』（新曜社）には飽き足りないものがあったので、『小林秀雄の昭和』（思潮社）でそのことにふれたのだが、『１９６８』上下は、書棚の手が届くところにおいて、できるだけ参照するようにしている。

それでも、上巻の東大闘争を扱った二つの章を読んでいくと、決定的な落ち度が見つかる。小熊氏は、六九年の一月一八日、一九日の安田講堂事件に至る経緯については徹底的にリサーチし、記述しているのだが、そこで東大全共闘は敗北し、やがて全国の大学にこの「敗北」が波及していくといった意味のことを述べているのだ。しかし、本郷キャンパスの安田講堂と平行して、駒場キャンパスの第八本館にも全共闘は籠城していた。一月一九日に安田講堂が陥落すると、全共闘の拠点はおのずと、駒場第八本館ということになったのである。

全共闘議長の山本義隆は日大のバリケードに籠城したが、助手共闘委員長の最首悟をはじめ第八本館に籠城していた者たちは、最後まで抵抗した。もともと第八本館のバリケード封鎖を解こうとしていたのは警視庁の機動隊ではなく、日本共産党の青年組織民青だった。駒場キャンパスだけでなく本郷キャンパスでも、全共闘と民青は対立していたのだが、大学構内に機動隊を導入することについては批判的だった。そのため、駒場キャンパスでは、機動隊が導入される前に、自分たちの手で、全共闘を大学から追放するというのが、彼らの意図だった。

そこで登場したのが、暁部隊というものなのだが、彼らの誰一人として東大民青に属してはいなかった。もともと、民青の連中は、どこか紳士的で、慇懃無礼といった感じのする学生が多く、暴力的なところなど微塵も感じられなかった。安田講堂陥落前に起こった本郷キャンパスでの民青と全共闘の抗争でも、最前線で闘ったのは東大民青の学生ではなかった。駒場キャンパスでも、まずかれら東大民青の学生たちが周りを取り囲み、何度も「話し合い」を呼びかけたのだった。しかし、籠城組はまったく耳を貸さず、いきなり投石を始めるといった態で、結局は、暁部隊が登場することになった。

そこには学生だけでなく、労働者といわれる人たちも多数入っていた。集団就職などで上京し、工場労働などに従事しながら、共産党系の組合活動をおこなっていた者たちではないかと思う。連続ピストル射殺事件の永山則夫などと同じような境遇にありながら、永山とは異なって、組合運動を通し政治的な問題にかかわってきた者たちといっていいかもしれない。

しかし、私などから見て、彼らの暴力性というのは、新左翼のセクト学生のそれと少しも異ならなかった。日本共産党や民主青年同盟の政治指針に従って行動していただけだったのだろうが、何か過剰といっていいような攻撃性を感じたものだった。私は、彼らと向かっていたら、いずれ「殺される」という恐怖を感じて、結局は退散したのだった。しかし、いまでもそのときの自分の選択は、まちがっていなかったと思っている。退散といっても敵前逃亡のようなものなのだから、屈辱や後悔や後ろめたさに苛まれ、精神に変調をきたすほどだった。だが、攻撃衝動の奥からあらわれる暴力というのには、何ともいえない陰惨なものがあった。それは、戦場などで兵士たちを駆り立てていくものとどこか通じるように思われる。

彼ら暁部隊の者たちも、普段はまじめな労働者であるのに、敵を前にすると、わけのわからないものに駆り立てられていたのかもしれない。そう思うと、どんなことがあっても戦争のような事態だけは、避けなければならないとあらためて思う。たとえ敵前逃亡でも、人間の攻撃衝動を目覚めさせないですむならば、それに越したことはないと思うのだ。

アンドロイドのような存在

二〇歳前後に起こった社会的な事件というのは、それにかかわったり、その近くに居た人間には、トラウマとなって残りつづけるのではないだろうか。世代的にも、そのような社会的事件や当時の状況を象徴する言い方がされる場合がある。私などは、全共闘世代といわれ、私よりも一〇歳から一五歳下の年代は、オウム世代などといわれる。

ジュンク堂でトークのお相手をしていただいた大澤真幸は、ご自分で「私はオウム世代に当たるせいか、オウム真理教や地下鉄サリン事件については他人事と思えないところがある」と話していた。しかし、全共闘世代に属する昭和二〇年から二五年生まれの人たちが、すべて全共闘だったわけではない。せいぜい五パーセントといったところではないだろうか。同じように、オウム世代といっても、大澤氏のようにオウム真理教や地下鉄サリン事件によってトラウマを植えつけられたという人は、さらに少ないのではないか。

それにもかかわらず、そのような世代論がいわれるのは、時代を象徴する事件が、それに深く傷ついた人々のなかに、長く息づいているからなのかもしれない。それは、マスコミなどに喧伝された世代論とは別のところで、当時の社会や事件を映し出す鏡のようなものとしてありつづける。そう考えると、全共闘世代の一人として、さまざまな経験をしてきたことを、鏡としてだけではなく、証言として残しておかなければならないと思われてくる。

そこで、何日か前に六八年一二月から六九年一月の東大駒場第八本館闘争について書いたなかで、当時最強の闘争集団とされていた民青暁部隊のことは述べたものの、彼らと対抗してバリケードをつくったり、投石をしたりした者たちについては述べていなかった。私には、暁部隊の連中は集団としてしか認識できなかったものの、彼らについては、まさに一人一人の人間として身近でその行動様式を観察することができた。

彼らはみなそれぞれに個性的な人物だった。しかし、どの一人もどこかアンドロイドのような印象をぬぐえなかった。まず、彼らがどのように私たちの前に現れたかというと、バリケード封鎖を始めようとして結集していると、どこからともなく集団で駒場構内に押し寄せてきた。そして、私たちが手間取っているのを傍目に、あっという間にバリケード封鎖を遂げたのである。私たちは白かクリーム色に「全共闘」という文字の入ったヘルメットをかぶっていたのだが、彼らは、おもに赤か赤と白の二色のヘルメットをかぶっていたような気がする。

そのヘルメットには、いわゆる新左翼党派の革マル、革共同、社青同、社学同といった文字が入っているわけでもなかった。以前の寄稿で、彼らを赤軍派といったような気がするが、そういう過激派は、東大闘争を皮切りに大学闘争が全国で敗北してから結成されているので、正確には、後に、赤軍派や京浜安保共闘の結成にあずかることになった連中といった方がいいかもしれない。

それはともあれ、バリケード封鎖にしても投石にしても、ほとんどプロといっていい者たちであった。くわえて、人間的な感情のようなものが感じられないアンドロイドのような存在だったということ、それが私にとっていまでも忘れられない印象なのである。しかし、当時の私には、そのアンドロイドのような彼らこそが、私たちに代わって困難な事態を切り開いてくれる者と思い込んでいた。

実際、彼らは、私たちのように訓練されていず、ある意味では足手まといになるだけのノンセクト全共闘を、揶揄したり非難したりということはなかった。それは、無感情だったからでもあるだろうが、何よりも目の前にある闘争がすべてで、他人がどうこうということは二の次だったからだ。そういう意味でいえば、周りを見ながら自分の態度を決定するといったこととはまったく縁のない行動様式を身につけていた。しかも、それが集団の倫理のようになっているのだから、全体で何ともいえない存在感を印象づけたのである。

……………

軍事を通して革命を

若松孝二監督の「実録・連合赤軍　あさま山荘への道程」は、連合赤軍リンチ殺人事件とあさま山荘事件をリアルに描いた秀作といっていいだろう。身を切られる思いなくしては観ることのできない映画だった。しかし、私の経験した七〇年代闘争とは、どこかかけ離れているように思えて、一方では、希薄な現実を目の前にしているような気もした。

先の寄稿で、駒場第八本館封鎖の実行部隊が、のちに赤軍派とか京浜安保共闘という党派を組むことになる者たちではないかと述べた。確たる証拠はないのだが、安田講堂をバリ封鎖した実行部隊には、のちに塩見孝也をリーダーとして結成される赤軍派のメンバーが何人もいたとされている。そこからすると、安田講堂と同様、全共闘が占拠していた駒場第八本館を強力にバリ封鎖し、籠城することになったのが、彼らであったというのは十分想像できる。

この塩見孝也や「よど」号ハイジャック事件のリーダーだった田宮高麿を指導者として、六九年の九月に赤軍派が結成されるのだが、結成の一番のテーマは「軍事を通して革命を」ということだったらしい。つまり「軍事」ということが、それ以前の大学闘争のなかから身につけてきた彼らの倫理だったということだ。私はそれを人間的な感情を押し殺したアンドロイドのような存在という比喩で述べてみた。さらには、いわゆる「空気を読む」といったものとはまったく異なった行動様式をそなえているとも。

まず、私が最も驚いたのは、彼らの禁欲的といっていい姿だった。バリケードのなかにはけっこう日常的な風景というものがあって、差し入れの食事をたがいに分け合って食べたり、談笑したり、寒さをしのぐために身を寄せ合って寝たりといったことだった。ところが彼らは、決して群れることがない。食事も黙々と食べ、無駄なことは喋らず、寝るときには、リノリウムの床にごろ寝をしていた。

私などは生来の不眠症のせいか、薄い毛布と仲間の体熱だけではなかなか眠ることができないのだが、彼らは冷たいリノリウムに薄い毛布一枚ですぐに眠りに付いた。民青の暁部隊は、その名の通り明け方に投石攻撃を仕掛けてくるので、陽が昇るか昇らない時間にすでに屋上に結集している。私など、不眠でがんがんする頭を抑えながら、ようやく屋上に出てみるのだが、もう激しい投石合戦が始まっている。その光景を見ながら、「軍事」などというものにまったく不向きな自分のふがいなさに、臍をかんだものだった。

テルアビブ空港乱射事件

ガザ地区におけるイスラエルとパレスチナの戦闘が激化しつつある。もとは、東エルサレムでのパレスチナ人少年の誘拐殺害がきっかけになったといわれているが、その前に、イスラエルの少年三人が何者かの手で殺害されているため、報復が報復を生んでいるといえる。

イスラエルとパレスチナの紛争については、私などの年代では忘れられない事件がある。一九七二年に起こったテルアビブ空港乱射事件である。パレスチナ解放人民戦線（PFLP）によってイスラエルへの報復がくわだてられたのだが、その実行犯として、イスラエル側からは目につきにくい日本人の兵士が選ばれた。彼らは、日本赤軍を名乗り、世界革命をとなえていた。銃乱射・無差別テロは、二六人の死者と七三人の重軽傷者を出すことになった。

実行犯は三人。日本赤軍幹部の奥平剛士（当時二七歳）と、京都大学の学生だった安田安之（当時二五歳）、鹿児島大学の学生だった岡本公三（当時二五歳）。奥平と安田は、手榴弾で自爆したとされるが、岡本公三は逮捕され、後にレバノンの法廷で裁かれている。忘れられないのは、岡本も安田も私と同じ一九四七年生まれで、連合赤軍事件の坂口弘や坂東国男と同年ということである（正確には、私は坂口弘、坂東国男と同学年で、岡本公三は一学年下ということになる）。

以前にも書いたことがあるが、私は、東大駒場第八本館封鎖にかかわったのが、後の連合赤軍や日本赤軍のメンバーになる者たちではなかったかと考えている。というのも、そこで知り合った過激派の何人かから、その後、下宿にまでやってきて連日、激しいオルグを受けているからである。彼らは、みな私と同年代で、そのなかに、坂口弘や、坂東国男や、岡本公三がいなかったという保証はない。

もちろん、名前など明かさず、徹夜でオルグをおこなうのだから、それだけでもかなり異常な事態だった。幸いというか、胃に穴が開くような症状が現れ、救急車で運ばれることになって、ようやく下宿を出ることができた。私は、救急病院に迎えに来てくれた義伯父に付き添われて、早々に郷里に逃散した。さすがに、彼らは、岩手まではオルグに来なかった。

そんなこともあって、岡本公三や日本赤軍やＰＦＬＰというと、背筋が寒くなってくるのだ。パレスチナのイスラム原理主義ハマスは、ＰＦＬＰと異なる政治組織だが、どうしても個人的体験からの印象をぬぐいきれない。

大学解体の論理と戦争体験

大学解体を唱えていたものの、私たちには、大学教授に対しては、全否定という思いはあまりなかった。学部長吊るし上げとか、長時間の団交で教授側にドクターストップがといったニュースが流れたりして、全共闘は、大学だけでなく大学人と名の付くものに対しては、攻撃的であるような印象が残っているのだが、少なくとも私の意識のなかでは、そういうものはなかった。

法学部の丸山眞男教授の研究室がめちゃめちゃにされたときに、「君たちのような暴挙はナチスも日本の軍国主義もやらなかった」と激高したといわれているが、文学部の徹夜団交では当時の学部長だった林健太郎教授が、全共闘の要求には決して屈しないという態度で臨み、最後は病院に運び込まれるということがあった。そのときも、本郷の法文教室の外側でスクラムを組みながら、敵もさるものと思っていたものだった。

だいたい、丸山眞男にしろ林健太郎にしろ、講義は受けていなかったが、その著作を読んで思想的に多くのことを得ていたせいか、どこかにリスペクトのようなものがあって、どうしても前面に立って相手を粉砕するという気持ちにはなれなかった。だから、駒場の教養学科でも、学科長との団交のようなものがあったとき、私には、どこか日和見的なものが出てしまった。

当時、教授陣のなかで急先鋒だったのは、国際関係論の権威で、後に亜細亜大学の学長となり一芸入試を唱えた衛藤審吉教授だった。もともと、保守的な思想の持ち主で、戦中派の硬骨漢として知られていた。この衛藤さんのことで、忘れられないのは、団交ではすべて要求を突っぱねられたので、第二回戦をやろうという計画が立てられ、その交渉のため、自宅にまで押しかけていったときのことだ。

玄関を入って取次ぎの方に、面会を申し入れると奥から太い声がしてきた。よく来たといいたいところだが、ここで話し合うわけには行かないから、自分の考えは、文書で伝えることにするので、君たちの名前と住所を書いておきなさいというものだった。一緒にいった者は、話にならないといった様子で、何度か言い返したものの、退散を決め込んでいた。なかで、私の他二、三名の者が、名前と住所を記して帰って来た。

するとしばらくして、衛藤さんから手紙が届いた。彼自身の戦争体験について記しながら、大学制度について自分にも自分なりの批判はあるのだが、君たちと共闘することはできないといった内容のものだった。最後に、自宅にまで押しかけるというのは狼藉千万だが、名前と住所を書いたのはそれなりの覚悟があってのことと思うので、以後、名前をしっかり覚えておくことにすると結んであった。

処分を覚悟でしたことなので、当然といえば当然だったのだが、結局処分らしい処分はなかった。それどころか、それから一〇数年後、最初の著者の「夏目漱石論」を、亜細亜大学学長気付けで贈ったところ、丁寧な長文の返事が届いた。あのときの学生であることを知って感に堪えないといったものだった。それから、衛藤さんとは亡くなるまで、何度か音信を交わしたのだったが、最後まで、自分の戦争体験にこだわり、あの戦争で大切なものを失ったことが、自分を学問へと駆り立てたといったことを述べておられた。

失踪した者たち

大学時代の親友に、Sという人がいるのだが、FBで検索してみたら同姓同名が二〇人ほどいた。どれも本人でないことは、間違いない。本人は、今頃どうしているのか、東大闘争の頃に、ほとんど一緒に活動していて、一度、機動隊の催涙弾をまともに受けて、病院に運ばれたことがあった。幸い致命傷にはならなかったのだが、精神に変調をきたしてしまった。

青森県弘前の出身で、文学が好き、とりわけランボーに入れあげていたこともあって、私たちのやっていた同人誌の読書会などに顔を出すようになった。小林秀雄、ランボー、ドストエフスキーと読んでいる本も同じ傾向なのだが、私のように、評論を書いたりは決してしない。要するにディレッタントなのだが、そういうとものすごく怒って、「お前に文学の本質がわかるか、一度ランボーのように詩も評論も捨てて、砂漠で商人になってみれば、ほんとうのことがわかるはずだ」と言い返してくるのだった。

このSは、女子大に通っている二歳下の妹とアパート暮らしをしていて、時々遊びに行くと、妹は、別室で勉強をしていたりした。あまり話したことはなかったが、弘前美人といっていいような女性だった。精神に変調をきたして、閉じこもり気味になってくると、この妹から何度か電話があり、神山さんのことをよく話すので、よかったら見舞ってほしいということだった。訪ねてみると暗い顔をしながら、戦線から離脱してしまったことを何度も訴えかけてくるのだが、このままではどうにかなってしまいそうに思われ、郷里に帰ってしばらく静養した方がいいと助言した。

それからしばらくして、私と妹で、Sを上野駅まで連れて行った。そのときは、もう彼とは生きて再会することはできないだろうという思いがしてならなかった。それから二年ほどして、大学闘争が下火になってきた頃、彼のアパートに電話をかけてみたが、「この電話は使用されていません」というメッセージが帰ってきた。妹も郷里の弘前に帰ったのだろうと考え、それ以上の詮索はしなかった。

それから、一〇年ほどして、Sはどうしているだろう、生きているだろうかと不意に思い、弘前の実家に妹宛の手紙を書いてみた。長い返事が返ってきて、実家で兄を看病していたのだが、あるとき、自分は北海道に渡ると言い残して、出て行ったきりまったく音信不通になってしまった。病状もまだ安定していなかったので、心配でならないのだが、何か手がかりがつかめないだろうかという内容だった。

私は、直観的にランボーがアフリカに渡って商人になったように、生きていれば、北海道で商売でもやっているのではないだろうかと思った。そして、それから二〇年ほどして、Ｓの消息がわかったのである。

四〇代の後半だったと思うが、「中央公論」という雑誌の編集長をしていたＭから連絡があった。このＭは岩手の盛岡出身の同級生で、Ｓとも親しい間柄だった。Ｍによると、中央公論社の受付に、Ｓと名乗る者がやってきてＭ編集長に面会したいといっているという。受付まで出て行ってみると、容貌はすっかり変わってしまったが、Ｓに間違いない。ずいぶん派手な格好をしているので、今何をしていると聞くと、北海道でパチンコチェーン店のオーナーをしている、自分が一から築き上げた会社なのだとこたえたという。

それから、何度も神山に会いたいのだが、どうしたらいいだろうかと聞くので、住所と電話を教えた。君の著書なども、すべて購入して読んでいるということだった。連絡はあっただろうかと聞くのだが、狐につままれたような話だった。Ｓと名乗る人物からは、電話もなければ手紙もない、それからしばらく経っても何の音沙汰もない。Ｍから教わっていた北海道の住所に手紙を書いてみたのだが、いまに至るまで返事はない。Mに会いに来たのは、まちがいなくあのSだろうかと思ったりするのだが、やはり、本人にちがいないと思うのだ。

あの頃、そんなふうにして失踪したり、行方不明になったりした者が、数え切れないほどいた。Sもその一人で、本人か、その縁に当たるものが、一度姿を見せたものの、また深い森に消えて行ったのではないかと、いまではそんなふうに思うのである。

……………

卒論指導

私の卒業論文は、フローベールの「ボヴァリー夫人論」である。指導教官は、東大の常勤講師になったばかりの蓮實重彦。安田講堂事件や駒場第八本館闘争の頃、蓮實さんは立教大学にいたので、東大闘争にはかかわっていなかった。それならなぜ、蓮實さんに卒論指導を受けたかというと、特別なめぐり合わせがあったからだ。

駒場第八本館が陥落し、大学に正常化の波が打ち寄せてくると全共闘学生は、みなそれぞれに身辺を整理しなければならなくなってきた。卒業も就職も諦め、中退のようにして大学から消えていった者が何人もいたなかで、私は、卒論を提出することがゆるされたのだった。立教から東大に移ったばかりの蓮實さんを指導教官とするよう間を取ってくれたのは、平井啓之教授だった。その平井さんは、東大闘争で様々なことに出遭い、自身、大学を辞職していた。そんななかで、全共闘学生だった私の卒論の指導を、後からやってきた蓮實さんに託したのだった。

そのときの恩は、いまでも忘れることができないのだが、ともあれ、蓮實さんによる卒論審査では、政治活動のためおろそかになっていたフランス語の学力があからさまとなって、かなり絞られた。なにしろ一〇〇枚ほどの論文をフランス語で提出しなければならないのだから、政治活動にうつつを抜かしている暇はなかったのだ。それでも、何とか審査が通り、卒業することができた。

当時卒論のために読んだ筑摩版フローベール全集をはじめ、そのときの資料は一括して書棚に所蔵しているのだが、サルトル『家の馬鹿息子　ギュスターヴ・フローベール論』（人文書院）だけは、卒業後の出版なので、別のところにおいてあった。で、このところ、サルトルの本を読みながら、これを翻訳した平井啓之・鈴木道彦・海老坂武・蓮實重彦といったフランス文学者のことを考えたりしている。どのひとりも、戦後のフランス文学だけでなく、戦後思想についても重要な業績を残した人々だ。そこで彼らが、『家の馬鹿息子』で展開されているサルトルの思想をどのように継承しているかを思ったりするのである。

サルトルの思想とは何かというと、「受難」ということの意味を、フローベールのなかに探っていくことで、人間存在の本質を模索していくものといっていいだろう。その問いの激しさが、時には息苦しいほどであるのだが、以下のような一節など、その後の構造主義やポストモダンの思潮からは、完全に封印されたものだ。

だからして彼（フローベール）はこの思想――不幸は自らの重みで絶望に落ちこむという思想――が、彼の悲観主義的な誓約の吹き込む偏見であることを、よく理解しているのである。その悲観主義的な誓約はこんな風に翻訳できよう、苦しむ者はその苦しみのために劫罰に処せられ、苦しみは絶えず増大して、ついには許されることなき絶望の〈大罪〉に至るものである、と。この苦悩主義者《ドロリスト》にとって、苦悩は神が永久に背を向けてしまったことを示しているゆえに、苦悩こそ、人を選ばれた者たらしめる。とすればどうしてギュスターヴは、自分が教義に最後の仕上げをほどこしているのだと感じないはずがあろうか？（第一部　二つのイデオロギー）

こういうサルトルのあくの強い、キルケゴールにもドストエフスキーにもニーチェにも通ずるような言葉を、たとえば、蓮實さんは日本語に訳していくのだが、もし自分がフローベール論を書くとしたら、このサルトルの描いたギュスターヴ像から最も遠いところに描き出さなければならないと考えていたと思われるのだ。そうしてできあがったのが、『凡庸な芸術家の肖像　マクシム・デュ・カン論』（青土社）なのである。そこで蓮實さんは、フローベールの友人で、フローベールに比べるならばはるかに文学的才能に欠けるにもかかわらず、彼よりもずっと聡明さを持ち合わせていたマクシム・デュ・カンについて論ずるのである。

そこで、くりかえし語られるギュスターヴの「残酷なまでの愚鈍さ」というのが、サルトルのいう、振り払っても振り払っても「苦悩」からのがれることのできず、しまいには、それを自分の教養にまでしてしまうというありかたなのだ。しかし、蓮實さんは、そのことを自分が訳したサルトルを引きながら裏づけるということを決してしない。なぜしないかというと、それをすると、ギュスターヴ＝残酷なまでの愚鈍さ、マクシム＝凡庸なまでの聡明さというシェーマが崩れてしまうから。

こうしてみると、『凡庸な芸術家の肖像　マクシム・デュ・カン論』は『家の馬鹿息子ギュスターヴ・フローベール論』を換骨奪胎することによって仕上げられた論である

ということがわかってくる。そのことで、前者を低く見積もるのではなく、蓮實さんは、
サルトルを訳していくなかで、その毒に当たらないためには何を行うべきかをよくよく
考えて、見事な換骨奪胎を行ったということになる。
こんなことを考えながら、あらためて東大闘争の頃を思い起こしてみたりするのだが、
私たちが「大学解体」や「自己否定」をとなえたのは、大学自体の制度改革を目指して
いたわけでもなんでもなく、自分のなかにしまいこまれた「苦悩」からのがれることが
できなかったからではないかと思ったりもするのである。実際、全共闘の学生たちには
どこかにそういう資質のようなものがあった。だから、それにしたがって行動している
とき、「残酷なまでの愚鈍さ」をあらわにすることはあれ、「凡庸なまでの聡明さ」を身
につけることはできなかったということができる。

しかし、そのことのために、以後の人生において「残酷なまでの愚鈍さ」の毒に当た
り、九死に一生をうるような事態に何度かめぐり会うことになった。もちろん、人知れ
ず「凡庸なまでの聡明さ」を身につけて生きてきた者たちもいないわけではないのだが、

彼らとて「残酷なまでの愚鈍さ」の毒に当たらないためには何を行うべきかをよくよく考えてのことだったのである。

それは私たちだけではなく、東大闘争で辞職した平井啓之とたまたまその時に東大にいなかったために、かかわることのなかった蓮實重彦にもいえることで、そう思うと、卒論を提出するに当たってお世話になった二人のフランス文学者の存在が、あらためて心に刻まれてくるのである。

……………

無名戦士の死

明日、東京は大雪ということだが、今のところ雪の気配はまったくない。本当に降るのだろうか。ただ、寒いことは寒い。今冬一番の寒さだろう。岩手の盛岡では、零下一一度といっていた。たしかにこの時期、岩手は、雪は多くないものの、ものすごくシバレルのだ。

盛岡というと、もう一〇年以上前に亡くなったTさんのことを思い出す。盛岡一高出身で、学年は二年上、浪人か留年かをしているうちに進学先が同じ学部になった。そういう場合、どう付き合ったら良いのか戸惑うものだが、生来気さくで長幼の序のようなものを問わないTさんとは、何につけうまがあうようになった。そのうちに、東大闘争が始まり、いつのまにか全共闘の同じ会派に入っていた。

その当時は、デモやバリケート籠城の日時を知らせる連絡網のようなものがあり、だいたい私のところにはTさんから電話が入った。一緒に行こうといった感じで、それでいながら無理強いするような様子でもなく、かえって自分の方が日和りそうなその口ぶりは、当時の殺伐とした状況の中で心に残るものだった。

東大闘争も、安田講堂が陥落し、駒場の第八本館も民青の暁部隊に攻め落とされ、終息した。残された全共闘の学生は、再開された授業に戻るわけにも行かず、学習塾などでアルバイトをしながら、そのまま退学したり、卒論だけ提出して何とか卒業したりといったところだった。私は、たまたま先に記したような事情により、卒論をぎりぎりで通してもらった。だが、Tさんは、そういう僥倖に恵まれることなく、中退のままになってしまった。

しかし、私とてその後大学院に進んだものの、除籍の処分を受け、Tさんと同じように学習塾で仕事をすることになった。それから何年かして、二〇代の後半に、私は埼玉で、Tさんは盛岡で学習塾を開くようになるのだが、東京に来るというと、時間をつくって会うようにし、その後もずっと交友の途絶えることがなかった。ところが四〇代の終わり頃から、年賀状も来なくなり、音信不通のようになってしまった。私は、多忙にかまけて連絡をとることもしないでいた。二年ほど経ってからだったろうか、Tさんの訃報が届いたのだ。私は、とるものもとりあえず盛岡に向かった。ようやく、たどり着いたTさんの家では、もう葬式もすべて済んでいた。仏壇に飾ってあるTさんの遺影に手を合わせていると、奥さんがポツリポツリと彼の最期について話してくれた。

四〇代の終わりに癌の告知を受けたTさんは、近代医療も漢方も自然療法もすべて拒否し、裏山に建てた小さなプレハブで、一日中、本を読んだり、手記を書いたり、黙想したりして過ごすようになった。しかし、癌の転移は予想以上に早く、それから何ヶ月かで息を引き取った。幸いなことに、最後は脳に転移したため、痛みを感じることなく眠るようにして死んでいったという。

私は、その話を聞いて、Tさんが最後を過ごした裏山のプレハブを見たいと思い、そこに案内してもらった。いまごろの時期で、雪は少ないが身体の芯までシバレルような日だった。プレハブは、綺麗に整理してあり、Tさんが最後の一年のあいだに読んだ書物が書棚に並べてあった。私は、そこにしばらくのあいだ座して、Tさんの思いを反芻していた。思い浮かぶのは、大学闘争のあいだ、いつも気弱そうな微笑を浮かべながら、誰よりも先頭に立ってバリケードをつくり、デモに加わっていたときの彼の表情だった。

最近、NHKの「クローズアップ現代」で東大闘争について特集していたというが、Tさんのような無名戦士が何人もいて、誰にも知られずにこの世から姿を消していったことを、マスコミやジャーナリズムにはいつか報道してもらいたいと思う。私にとって、大学闘争の残したものとは、そのことに尽きるからだ。

元全共闘の人脈

私の住んでいるのは、埼玉県入間郡毛呂山町《もろやままち》というところで、町の中心には、埼玉医科大学と付属病院がある。人口は四万ほどだが、潜在人口を加えると五万くらいになるだろうか。

私は、岩手の出身なので、埼玉とは何の縁もない。たまたま、東京で学習塾の講師をしていた頃に、どこか塾のない小さな町で、開業しようと池袋から東武線に乗って、この町にたどり着いた。もう三〇年以上前のことで、駅前に小さな団地があるのと、埼玉医大付属病院が小高い山を背景に場違いに建っているのだけが印象に残った。こんなところで塾ができるのだろうかと思ったものの、団地の中の不動産屋でたずねてみたところ、これから新しい団地が次々に建っていくので、子供の数は増えていくのは確実。いずれ、塾も何箇所かにできるだろうということだった。

早速不動産屋に案内してもらって、塾を開ける程度の土地を物色し、そのなかの一つを購入して、居宅とプレハブの塾を建てた。それまで、半年もかからなかった。何事も、思い立ったらすぐ実行するたちだったので、母親に相談して購入資金を融通してもらい、支払いなども滞りなく済ませた。しかし、いざ塾を開業したものの、すぐには生徒が集まらず、仕方なく、東京に通ってそれまでの塾講師などしていた。元全共闘の人脈をたどっていくと、埼玉医大の理事長の次男に当たる方が、元全共闘で、いまは実家に戻って仕事をしていることを知った。

私は早速そのM氏に連絡を取り、塾のことなどよろず相談したところ、ちょうど医大の医師や看護師さんなどの子弟が中高生で、塾のようなものがないだろうかといわれていたところだったという。私は、渡りに舟とばかりに、その中高生を紹介してもらい、教えるようになった。大学闘争後、先の見えない生活が続いていたなかで、M氏との出会いは、まさに僥倖ともいうべきものだった。

全共闘運動の頃には、学部もちがって、顔見知り程度の間柄だったが、何か見えない糸のようなものが、私を東上線に誘って、この草深い毛呂山町までたどりつかせた。そして、M氏と再会させたのではないかと思うと、人生というのは、不思議な縁でできているとつくづく思ってしまう。

私塾の教師

二〇代の終わりに、学習塾を開業した私は、大学院でできなかった文学評論の研究を、仕事の傍ら続けることにした。午前九時には、図書館に行き、昼食に戻る他は、塾の始まる午後五時近くまで居続けた。毎日、二コマの塾の時間が終了するのは、午後九時だった。研究と教える仕事で、一日一二時間を費やしていたのだが、少しもきつい感じはしなかった。

小学生から高校生まで、英数国何でも教えるといった塾だった。受験指導などはまったくせず、学校の補習とあとは勉強の仕方を教えるといったやりかただった。しかし、一部に不満が積もっていたのにちがいない。一〇年ほど続けているうちに、小さな町にも、首都圏の進学塾のチェーン校ができるようになって、しだいに生徒がそちらに流れるようになっていった。

しかし、私には塾に来ている生徒たちに、私の生きざまのようなものをつたえたいという思いがあった。普通だったら受験指導の教材研究などのために多くの時間を費やして、完璧な授業をすべきなのだろう。それなのに、私は自分の文学研究に時間を費やし、そこから授業に入っていくというやり方をとっていた。まったく都合の良い話と受け取られるかもしれないが、それも一つの教育であると考えていたのである。

どこまでそれが生徒たちにつたわっていたか、おぼつかない点もあるのだが、なかには、文学の話などに興味を持ち、一生懸命に聞いてくれる生徒も居た。その頃に、吉本隆明のお宅に伺ったとき、吉本さんにこのような学習塾の話をしたところ、とても感心して聞いてくださった。自分も、中高生の頃に私塾に通っていて、今氏先生という方に大きな影響を受けたということだった。

私は、その話を聞きながら、その今氏乙治という方が、どういう経路をたどって私塾を開くようになったのか知りたいと思った。戦前の軍国主義の時代に、どこか社会の第一線で仕事をすることに矛盾を感じていたのではないかと思ったりした。そのことを直接吉本さんに伺うことはしなかったが、吉本さんの生き方を見ていると、その塾の先生から多くのものを得ていたにちがいないと思われたからである。

私は、そういう生き方の原型として『こころ』の先生のそれを思い描くことがある。小説では、先生は若い頃に親友のKを裏切ったために、世の中に出ることをみずからに禁じたというように描かれている。しかし、いつの世にも、社会の矛盾を感じて、あえて身を隠すような生き方を選んだ人々というのは、一定数居るように思えるのだ。

薬アレルギー

テレビの情報番組で、「現代人の八割は不眠症」というのをやっていた。自覚的でなくとも、何らかの症状が八割の人に認められる、という。たとえば、寝つきが悪い、朝起きても、熟睡した感じがしない、昼も、うとうと眠くなるなど、一〇項目位あった。

私も、子どもの頃から不眠症気味の生活を送ってきたのだが、全共闘運動の頃にバリケードの中でごろ寝をするすべを身につけたせいか、どこでも寝ることができるようになった。ところが、三〇代の半ば頃、二冊目の著書を上梓したあと、どういうわけか強度の不眠症に陥った。一週間ほど、自覚的には、一睡もしていないという強迫観念にとらわれ、極度に憔悴してしまった。

いまだったら、精神科を受診すればいいところだが、なかなかその気になれない。それというのも、薬アレルギーというか、薬に対する拒絶反応がつよく、安定剤も睡眠薬も飲めないのだった。

私は、その当時最も尊敬していた吉本隆明に、編集者を通して窮状を伝えた。吉本さんは、すぐにいらっしゃいとおっしゃってくれ、駒込のお宅に伺った。文学や思想の話もしたような気がするのだが、何よりも、私の不眠の訴えに対して、自分は不眠というよりも頭痛がひどく、朝まで原稿を書いているとどうしようもなく頭が痛くなる。そんなときは、頭痛薬を何錠もガリガリ噛んで飲み込むのです。そうしないと締め切り原稿に間に合わない。だから、あなたも日常生活に間に合うようにするためには、安定剤か睡眠薬を飲むようにするのが一番だと思います。私だったら、そうします。そうおっしゃって、頭痛薬の瓶を見せてくれ、何錠かを掌にのせて見せた。まるで、ガリガリ噛んで飲みこむ実演をして見せるような感じだった。

私は、そのあと、すぐに精神科を受診し、睡眠薬をもらって飲むようになった。しばらくして、不眠症から解放されたが、それ以上に、薬アレルギーが、まったくなくなった。四五歳で肝炎の診断を受け、インターフェロン治療をしなければ、先がないといわれたときも、すぐに、治療を受けることにした。

抗癌剤だろうがインターフェロンだろうが、少しでも効果のあるものは、何でも試してみようと思えた。あの時、吉本さんに勇気づけられなかったら、きっとインターフェロン治療に尻込みしていたと思う。

III

夏目漱石と小林秀雄と

魂《たましひ》は飛ぶ　千里　墨江《ぼくかう》の湄《ほとり》

翰林書房という出版社から出る予定の『漱石辞典』、私の担当は「漱石の漢詩」という短いコラムだ。締め切りも近くなってきたので、何を書くか考えている。漱石の漢詩は、二〇歳以前に書かれたものからはじめて、最晩年の『明暗』執筆時に書かれたものまで、二〇八首が残っている。そのなかの主要なものについては、吉川幸次郎『漱石詩注』（岩波新書）で読むことができる。

私も、二年ほど前に『漱石の俳句・漢詩』（笠間書院）というのを上梓して、二〇八首のなかから二〇首を抜き出し、鑑賞などしてみた。そのときに、あることに気がついた。漱石は、二三歳の夏、第一高校の同窓生四人と房総半島を旅しているのだが、そのときのことは「木屑録」という漢詩漢文の紀行文としてのこされている。そこに収められた一四首の漢詩の中に、不思議な作品があるのだ。

紀行文のなかの漢詩なのだから、旅の途中の景物を叙し、そのときの思いをうたったものがほとんどだ。しかし、なかに、旅に出る前に東京の友人たちでおこなわれた送別会のことを詠んだものがある。その書き出しが「魂《たましひ》は飛ぶ　千里　墨江《ぼくかう》の湄《ほとり》」という。つまり、「私の魂は千里を飛んで、隅田川で別れを惜しんでいる友のもとへと向かう」というのである。

「私」は、すでに房総の海辺までやって来たのに、友人たちは、今宵も隅田川のほとりで、酒を酌み交わしながら、旅に出た「私」のことを思い、悲しい詩を書き記している。そのことを胸騒ぎのように感じた「私」は、魂となって、友人たちのもとへと千里を飛んでいくのだ、とこういう意味なのだが、いったい漱石は、このときなぜこんな幻想にとらわれたのだろう。

しかし、漱石の幻想は、根拠のないものではなかった。自分にとってもっともたいせつな友が、別れを惜しみ、悲しい言葉を連ねている、そのことを思うと、いてもたってもいられなくなる。せめて、魂となり千里を飛んで友のもとへと向かいたい。この思いにはどこかおぼえがないだろうか。『こころ』の「先生」がみずからの命を絶ち、Kのもとへと向かっていったとき、千里を飛ぶ魂となっていたのではないか。そして、その「先生」の遺書を受け取って、胸騒ぎに駆られながら急行列車に飛び乗った「私」もまた、魂は千里を飛ぶという思いのうちにあったのでは。

実際、「先生と遺書」の章には、お嬢さんをめぐって疑心暗鬼に耐えられなくなった「先生」が、Kを房総旅行へと誘い、二人で旅をする場面がでてくる。そのくだりには、若き日の房総旅行の記憶が投影されているといわれている。もしそうだとすると、『こころ』を構想しながら、漱石が、あの漢詩を反芻していたことは十分考えられる。〈あの時、なぜか知らないが東京の友人たちの別れを惜しむ姿に並々ならぬものを感じ、旅に出てもそのことが気になって仕方なかった。それを、「魂《たましひ》は飛ぶ　千里　墨江《ぼくかう》の湄《ほとり》」と詠んでみたのだが、あのときの心境を、いま小説の言葉にできないだろうか〉と。

東京に残って、漱石との別れを惜しんでいた友人の一人に、いまは亡き正岡子規がいたことは、いうまでもない。そんなことを考えると、『こころ』という小説が、子規への深い哀悼の思いのなかで書かれていたことが、明らかになってくるのである。

……………

非業の死、不慮の死、無念の死

研究者の論文というのは、資料の裏付けや、精細な調査の跡付けから成っていて、一見信憑性が高いように見えるのだが、論文を書いている当人の情熱がつたわってこないきらいがある。紀要論文など、内容よりも注の多さと、その精緻さが評価の基準とされるといわれたりすることもある。

そんななかで、『夏目漱石の時間の創出』（東京大学出版会）の著者野網摩利子「「情緒」による文学生成——「彼岸過迄」の彼岸と此岸」（「文学」二〇一二年五、六月号）には、震撼させられた。

漱石のなかでも『彼岸過迄』というのは、読まれることの少ない小説の一つだ。それでも「須永の話」という章だけは、独立した短編として副読本などにも載っていたりするので、目にふれる機会もないとはかぎらない。須永市蔵という一人の青年の自意識の煩悶を描いた話といっていいだろうか。幼いときから許婚《いいなずけ》のように思われてきた従妹の千代子に対するえたいのしれない嫉妬心に悩まされる須永の内面が、息苦しいほどリアルに描かれる。

私など、この須永市蔵にイエスを裏切ったユダの影が読み取れると述べたことがあるのだが、野網さんは、そういう須永の内面が何に起因するのかを執拗に問うていく。その結果、須永の叔父が、彼の生い立ちについて語りかけたときの短い話を手がかりとして、そこにテーマを絞り込んでいく。その話というのは、須永は、父親と須永家に奉公していた小間使いとの間にできた子だったのだが、生みの母は、須永を残して須永家から放逐され、父親のもとで育てられた。生母は結局、産後の肥立ちが悪く、病死し、育ての母を、母親として成長したというのである。

ここから、野網さんは、『彼岸過迄』のかくされたテーマが、「非業の死」ということではないかという仮説を立てる。小説のなかでは、この生みの母「御弓《おゆみ》」については、須永の叔父である松本の話のなかでしか出てこない。にもかかわらず、須永の行動をたどっていくとき、この「非業の死」にあった母の跡をたずねずにはいられず、自分の内面に渦巻く「蛇がとぐろを巻くような」感情が、この母の存在を受けとめることができないという心的な損傷によるものであると思わずにいられない須永の心にたどり着くという。

そして、この「非業の死」は、松本の末娘である宵子のそれと響きあって、漱石の深いモチーフとなっている。二歳になったばかりの宵子の不慮の死には、漱石の五女・雛子の原因不明の突然死が投影されているのだが、『彼岸過迄』では、それは観音のような宵子の死顔としてあらわされている。こうして野網さんは、この「非業の死」「無念の死」「いまだ彼岸に達せずに此岸との境で漂っている死」、その「没するに没することのできない」思いに照明を当てる。

ここにみとめられるのは、研究論文の体裁をとりながら、三・一一の犠牲者たちに向けられた鎮魂の思いではないだろうか。野網さんは、そういうことに一切ふれず、漱石のかくされたモチーフに切り込んでいくようにして、非業の死、不慮の死に見舞われた何千、何万という死者たちに呼びかけているのだと思われたのである。

心の掛け違いを修繕するとは

睡眠誘発剤の入った鎮痛剤を呑んでいるせいか、読書の最中に猛烈な眠りに襲われる。しかし、半分眠りながら考えているのだが、夏目漱石の『文学論』にこんなことが書かれていた。父を殺した叔父が、母と姦通し王位を奪ったと語る亡霊の言葉に悩まされるハムレット。イアーゴーの姦計に陥って、愛する妻デズデモーナの貞操を疑い、その命を奪ってしまうオセロ。シェクスピアが描いた悲劇の人物は、確かに私たちの胸を打つが、彼らのような人物には、めったに実社会で出会うことはない。結局は架空の存在、浪漫的な幻想のなかで織りなされる存在にすぎない。

そう思うと、シェクスピアの悲劇も色あせたものに見えてしまう。むしろ、私たちの身辺にありそうなことを淡々と描き、私たちとそう変わらない人間たちの、ささいなといっていい心の掛け違いのようなものを浮き彫りにした作品の方に引かれる場合がある。その例として、漱石はジェーン・オースティンの『高慢と偏見』から、こんな場面を引いてくる。

一八世紀イギリスのとある田舎町でのこと。独身の青年資産家ビングリーが、別荘を借りてその町に住むということを聞きつけたベネット夫人は、夫のベネット氏と、何気ない会話を交わす。ベネット夫人は、ビングリー氏が、五人の娘のうち誰かを見初めてくれるのを願っているのだが、ベネット氏の方は、母親と娘たちをビングリー氏に引き合わせることを潔しとしない。ビングリー氏が、五人娘を差し置いて、ベネット夫人に惹かれないとはかぎらないからだ。そんなことが、他愛もない夫婦の会話を通して描き出される。

その会話の妙といったらなく、オースティンは、その後に展開する五人姉妹の次女エリザベスとビングリーの友人ダーシーとの、それこそプライドと偏見を通しての恋の行方に焦点を当てながらも、ごく普通の日常の風景を描くことを決して怠らない。彼らの恋にしても、他の娘たちの少しばかりはらはらさせるような恋にしても、容易なことでは悲劇に陥らない。落ち着くべきところに落ち着くというか、普通の男女の間にあるような、小波程度のものとして、それはおさまっていく。

こうして漱石は、シェイクスピアの悲劇を現実離れしたものとみなし、オースティンの描いた恋愛に、現実を見いだすのである。しかし、小説家としての漱石はどうかというと、ハムレットやマクベスやオセロのような悲劇は描かなかったが、エリザベスとダーシーのような恋は何度も描き、最後には『こころ』といった悲劇をうみだす。『明暗』もどこか悲劇の陰翳を湛えた作品として中断された。そうすると、『文学論』で述べているのは、あくまでも浪漫主義、悲劇、写実主義といったものの定義であって、実作とは直接つながらないことなのだろうか。

しかし、私には、そうは思われない。『高慢と偏見』におけるベネット夫妻のなにげない会話を称揚する漱石が、そこに暗示されている夫婦の心の掛け違いのようなものに引きつけられるのは、なぜか。日常の風景が、どこかでそういう掛け違いを修繕しながら展開しているとしても、どうしても修復することのできない心のありようからひろがる危機の風景というものがあることを、直観しているからなのだ。

それが、シェクスピアのような悲劇にいたることはないとしても、それにかぎりなく近いクライシスをもたらさないとはかぎらない。そして、この薄い膜でへだてられた二重の風景のなかに、私たちの生があるということを、漱石は感じ取っていた。そのことは、浪漫主義、写実主義といった文学理論上の定義よりもよほど重要なことであることを、明らかにすることによって、漱石は漱石になっていった。そんなふうに思われたのだった。

「戦争の道徳的等価物」

夏目漱石が影響を受けた哲学書というと、ウィリアム・ジェームズの『多元的宇宙』とニーチェの『ツァラトゥストラはかく語りき』があげられる。とりわけ前者は、修善寺の大患（胃の疾患のため修善寺温泉での療養の際、大量の吐血によって三〇分間、人事不省に陥る）後の静養において枕頭の書となった。また、漱石は、その静養のあいだに、ジェームズの訃報に接し、不思議な因縁を感じている。

ウィリアム・ジェームズというと、アメリカのプラグマティズムの代表的な哲学者として知られている。経験と実用を重んずると共に、人間の心や意識が身体や脳の機能と無縁ではないことを明らかにした。それは同時に、純粋経験という領域にまで進められ、この経験においては、私たちの意識や脳の働きは、どのような神秘体験も超常現象も受け入れることができると唱えた。

その集大成が、多元的宇宙論であって、宇宙は私たちの経験や知によって観測できる一元的なものではなく、知られざる宇宙がいくつも存在するという仮説である。この仮説は、宇宙のカオス・インフレーション論や量子力学の多世界宇宙論に大きな影響をあたえた。

そのジェームズの晩年（一九一〇年）の遺稿ともいうべき論文に「戦争の道徳的等価物」というのがある。そこでジェームズは、ギリシアの時代から戦争は人間にとって「恐怖」から解放されるための手段だったということを述べている。そして、一九一〇年において、アメリカにとっての恐怖とは、日本とドイツに対するそれであるといい、とりわけ日本脅威論こそがアメリカに戦争の火種をもたらしているという。これをのりこえるためには、「怖れ」という心理的状態が何に起因するかを探っていかなければならない。

人間は、プライドをたもつことを自己の存在理由としているところがある。それほどまでに誇りを重んじようとするのは、自分が他者から攻撃され、傷つけられるのではないかという怖れからのがれられないからだ。戦争の原因も、まずここにあるといっていい。日本脅威論を唱えるアメリカのプロパガンダは、一方においてアメリカという国の誇りを若者に植えつけることによって、彼らの意識の奥にある「怖れ」から解放しようとしている。しかし、その先にあるのは、若者を戦争へと駆り立てていく死の行進いがいではない。

このようなウィリアム・ジェームズの戦争論に夏目漱石が瞠目させられている場面を想像してみると、晩年の漱石が、「點頭録」において目覚しいまでの第一次世界大戦批判を展開した理由が飲み込めてくる。それにしても、このことからわかるのは、フロイトを始め、人間の意識や心理の探究者というのは、最終的には人間存在の本質の探求に向かうということである。

存在するすべてのものへの怖れ

ＳＴＡＰ細胞をめぐって小保方晴子さんをユニットリーダーとする論文が問題になっている。彼女の博士論文も、「Nature」誌に掲載された論文も見ていないので、報道から推測するだけなのだが、やはり、何かが欠けていたように思われる。倫理とか責任とか、いろいろいえるだろうが、根本的に欠けていたのは「怖れ」ではないだろうか。

「およそ文学的内容の形式はＦ＋ｆなることを要す」というのは夏目漱石『文学論』の書き出しの一文だ。何のことを言っているのだろうと、ずっと考えてきたのだが、あるときはっと気がついた。漱石によれば、Ｆとは認識、知、観念、（客観的）印象を指す。研究者の間では、Fact（事実）、Focus（焦点）のＦではないかとされている。これに対してｆは情緒、つまりfeelingである。

ふつう、文学というのはｆを本質とするので、感情、感性、感受性、情緒、情趣、まさにfeelingである、これを、本居宣長などは「あはれ」といったのだが、たしかに文学とはそういうものである。したがって、認識、観念、知、客観的印象、事実といったものに決して左右されない。それなのに、漱石は、いやそうではない、Ｆ＋ｆなのだ、どんなに優れた詩的な文学作品でもＦに裏付けられていなければ、それは文学とも詩ともいえないのだという。

確かに、私たちが何かfeelenngで分かったような感じがしてしまうものでも、それがほんとうに感動をもたらすのであれば、見えないところで認識、観念、知、客観的印象、事実といったものに条件づけられている。ある意味で、無味乾燥な事実の集積のようなものに対するリアクションのようなものこそが、最も優れた文学である場合もある。

これを文学ではなく科学に適用できないだろうかというのが、今回のＳＴＡＰ細胞問題にふれたときの感想だった。つまり、Ｆ＋ｆというのは、文学だけでなく科学にも当てはまる。むしろ科学こそが、認識、観念、知、客観的印象、事実といったものの厳密化によって成り立っている。Ｆが最初に来ているというのは、まさにうってつけなのである。にもかかわらず、漱石によれば、たとえ科学であってもＦだけでは成り立たない、そこにｆがなければ、ほんとうの科学とはいえない。

それでは、科学にとってｆとは何か。「fear of everything and fear of nothing」、「存在するすべてのものへの怖れといまだ存在しないものへの怖れ」。漱石は、このｆを究極の文学の本質としてあげているのだが、それはまた、科学が科学であるための根本条件であるともいえる。ＳＴＡＰ細胞の研究過程において、どこかでこの「怖れ」を失念していたとしたら、問題はさらに根の深いものとなっていくのではないだろうか。

……………

「イマハ山中《ヤマナカ》、イマハ浜《ハマ》」

どんな人物も描き出した漱石でも、唯一描けなかったのは、デカダン人間ではないだろうか。『明暗』の小林に、その痕跡がうかがわれるが、あくまでも小林は、矜持をもったデカダン人間だ。

しかし、太宰治『人間失格』の大庭葉蔵など、矜持など、はなっから持ち合わせていない。それでも、『人間失格』には、どこか目鼻立ちのようなものがあった。しかし「鷗というのは、あいつは、唖《おし》の鳥なんだってね」ではじまる「鷗」という短編になると、初めから「私は醜態の男である。なんの指針をも持っていない様子である。私は波の動くがままに、右にゆらり左にゆらり無力に漂う、あの「群集」の中の一人に過ぎない」と、こうだ。それで、一度読むと耳について離れない、次のような一節。

私はいま、なんだか、おそろしい速度の列車に乗せられているようだ。この列車は、どこに行くのか、私は知らない。まだ、教えられていないのだ。汽車は走る。轟々の音を立てて走る。イマハ山中《ヤマナカ》、イマハ浜《ハマ》、イマハ鉄橋、ワタルゾト、思ウ間モナクトンネルノ、闇ヲトオッテ広野《ヒロノ》ハラ、どんどん過ぎて、ああ、過ぎて行く。私は呆然と、窓外の飛んで飛び去る風景を迎送している」。「夜がふけて、寝なければならぬ。私は、寝る。枕の下に、すさまじい車輪疾駆の叫喚。けれども、私は眠らなければならぬ。眼をつぶる。イマハ山中《ヤマナカ》、イマハ浜《ハマ》――童女があわれな声で、それを歌っているのが、車輪の怒号の奥底から聞こえて来るのである。

漱石の『行人』でも、一郎が、おそろしい速度で走る汽車にみな乗せられているが、そのことに気がついていないといったことをいう場面があった。この「車輪疾駆の叫喚」、その奥底から聞こえてくる「車輪の怒号」のために一郎は、精神に変調をきたしてしまうのだった。しかし、一郎には弟の二郎やとりわけHさんがいた。『こころ』の先生にも、大学生の「私」がいた。

しかし太宰の「鷗」の「私」、この「矮小無力」で「醜態の男」には誰もいない。枕の下から「あわれな童女」の歌う「イマハ山中《ヤマナカ》、イマハ浜《ハマ》」という歌が幻聴のように聞こえてくる。太宰は、この「私」を周辺人物にして、さらにデカダンの塊のような、たとえばドストエフスキー『悪霊』のスタヴローギンのような人間を描いていたら、大作家になっていたのかもしれない。こんなことを書いているうちに「イマハ山中《ヤマナカ》、イマハ浜《ハマ》」というのが、耳について離れなくなった。

「怨望《えんぼう》」と「鷹揚《おうよう》」

私の好きな言葉に、小林秀雄「考えるヒント」の次のような言葉がある。

「学問のすゝめ」の中に、「怨望《えんぼう》の人間に害あるを論ず」という一章があるが、福沢の鋭い分析的な観察力がよく現れている。人間品性の不徳を語る言葉の種類は、実に沢山あるが、その内容をなす人心の動きに着目すれば、その強弱、方向に由《よ》って、間髪を容れず、徳を語る言葉に転ずる。例えば、「驕傲《きょうごう》」は「勇敢」に、「粗野」は「率直」に、「固陋《ころう》」は「実直」に、「浮薄」は「穎敏《えいびん》」に、という具合に切りがない。ところが、絶対に不徳を現わして、徳には転じないものが一つある。それが「怨望」という言葉である。

ルサンチマンという言葉を知ったのは、このときがはじめてだった。要するにニーチェのいうルサンチマンということなのだ。ニーチェが、人間品性のうちで、不徳を現して徳を現す反対語のない言葉というのをどうしてもドイツ語から見つけ出すことができず、ルサンチマンというフランス語を借りてきたのも、納得がいく。

しかし、最近「怨望《えんぼう》」の反対語は「鷹揚《おうよう》」ではないかと思ってきた。辞書などでは、「鷹が悠然と空を飛ぶように、小さなことにこだわらずゆったりとしているさま」と説明される。実際、嫉妬や怨恨や、反感にとらわれず、そして何よりも他人の眼など気にせずに鷹が悠然と空を飛ぶように、ゆったりとしているのをいうのであれば、「鷹揚」は「怨望」の反対語といっていいように思う。

私などよく「鷹揚」といわれたりするが、とてもとても、「怨望」を転じさせるような力は持ち合わせていない。ただ、六〇年の人生で出会った人のなかに、この人はまさに「鷹揚」な人だと思わせるような方は何人かいた。

大学卒業後、塾の講師や家庭教師をして生計を立てていたのだが、たまたまご子息の家庭教師として文芸評論家の篠田一士のお宅にお邪魔していたことがあった。その篠田さんというのが、ほんとうに鷹揚な方だった。あるとき、食事の席で、友人に篠田さんの息子さんを家庭教師で教えているのだが、と話したところ、友人は何を勘違いしたのか、岩下志麻の手料理をいただけるとはうらやましいというんですと話した。

奥様はニコニコ笑っているだけだったが、篠田さんは、ゆったりとした様子で、自分も篠田正浩も岐阜の出で、岐阜には篠田姓は掃いて捨てるほどあるといったことを話してくれるのだった。それからはじめて、様々な文学談義をしてくれるのだが、漱石の小説に出てくる人物では『行人』のHさんが一番いいというのだった。考えてみると、弟の二郎に頼まれて、精神に変調をきたした一郎を旅に誘い、旅先から長い手紙を二郎のもとに送ってくるHさんというのは、なんとも奇特な人物といえる。

しかし、このHさんの手紙の文面を読んでいくと、まさに「怨望」という人間品性のもっとも不徳でありながら、なかなかのがれがたいものを徳へと転じさせる「鷹揚」が、いたるところに感じられるのである。

……………

愚民どもの一人

フロイト「ミケランジェロのモーゼ」のなかに、こんな一節がある。

「いったい私はいくたびこれまでに、美しくもないコルソ・カヴールの急な階段を登り、ひっそりと立っている礼拝堂を訪れて、モーゼの侮蔑と憤りとを浮かべた眼差しをわが身に受けたことであろうか。そしてそんな時、あたかも私自身彼の怒りの眼差しが向けられている愚民どもの一人ででもあるかのように、内陣の薄明かりから外へ遁れ出たこともしばしばあった。彼ら愚民どもは、確信というものを持ちとおすことができず、なにものをも持とうとせず、信じようとせず、まやかしの偶像をふたたび手に入れたとなると有頂天になって歓呼の声をあげたのであった」。

（高橋義孝・池田紘一訳）

福沢諭吉の愚民観も、それについて語る小林秀雄の愚民政治も鋭いが、このフロイトの言葉ほどおそろしいものはない。なぜなら愚民観を語る自分自身もまた「愚民どもの一人」であるということを偽りなく語っているからである。これは、ドストエフスキーもそうだった。「モーゼ像」をつくったミケランジェロのなかにも、確実にそれがある。そうでなければ、あれほどの迫力のある彫像をつくることはできない。

満開の桜の下で

五分咲きの桜の枝をいただいた。二日ほど花瓶に活けているうちに、ほぼ満開になった。埼玉は熊谷が、全国的に気温上昇地として知られている。その熊谷から、そう遠くない地点に位置するわが町でも、ここのところの暖かさで、桜が咲き誇っている。

満開の桜並木を通り抜けていくのもいいが、部屋に生けた桜の枝を眺めながら、ぼうっとしているのも趣きがある。萱谷規矩雄さんが、亡くなる年の春、太い桜の枝を知人から頂き、毎日部屋に生けて眺め暮らしているという便りを下さったのを思い出す。いや、何かの用事のついでに、電話で話したのでもあっただろうか。

小林秀雄は、鎌倉の家の庭に桜の木を植え、満開の頃には、毎日眺めていたという。小林秀雄も萱谷規矩雄も、酒が好きだったので、ちびりちびりやりながら眺めていたのかもしれない。

私など、下戸というか、酒をやらないので、その点、まったくの無風流だ。しかし、菅谷さんは、そうして桜を愛でていただけでなく、毎日のように呑むようになって、最後は肝硬変となり、緩慢な自死のようにしてこの世を去っていった。

小林秀雄も、庭の桜を眺めながら、幸福な気分に浸っていたとはかぎらない。鎌倉の鶴岡八幡宮の大銀杏の木を眺めながら、銀杏の葉が風に吹かれて散るたびに「ああ、ボーヨー、ボーヨー」と呟いていた中原中也のことを思い起こしていたのかもしれない。

そういえば、西行の名高い和歌「願わくば花のしたにて春死なんその如月の望月の頃」も、決してよろこばしいだけの歌ではないような気がする。「地獄絵を見て」などの連作から、この世の悲惨を知り抜いていた西行には、死がいかに悲しく、淋しいものであるかがよくわかっていた。だからこそ、如月望月の、満開の桜の下で、死を迎えたいと願ったのではないだろうか。

西行ほどの歌人になると、この願いがわが身一つのものではなく、この世のすべてのともがらが死を迎えるときには、あたり一帯が如月望月の満開の桜のようであらんことをという願いとなってあらわれるのかもしれない。そう思って読めば、あの名歌もそんなふうに読めてくるのが、不思議だ。

……………

他人の幸福のために生きる

トルストイの『人生論』は、私にとって座右の書というべき本なのだが、これが原題そのままの『生命について』（集英社文庫）というタイトルで出ているという。中沢新一が解説を書いているというので、早速アマゾンの古本サイトから取り寄せてみた。

ざっとみたところ、愛読した中村白葉訳の『人生論』とは、まるで別の本のように思えた。それほど訳文のニュアンスがちがうのだ。

中村白葉訳で、諳んじるほど何度も開いた次の一節。

「きみは、万人がきみのために生活せんことを欲し、彼ら自身よりもより多くきみを愛せんことを欲しているであろう？　ところで、きみのこの希望が達せられるかもしれない状態は、ただ一つあるだけである。それは、いっさいの生物が、他人の幸福のために生き、自分自身よりも他人を多く愛するような状態である。その時はじめて、きみも、また他のいっさいの生物もみな、万物から愛されるようになり、彼らの一員であるきみも、願うところの幸福をうることになるであろう」。

これが八島雅彦訳『生命について』では、以下のようになっているのだ。

「みんながきみのために生き、みんなが自分以上にきみを愛することをきみは望むのか。きみの望みがかなえられる状態が一つだけある。それは、あらゆる生きものが、ほかのもののために生き、自分以上にほかのものを愛するような状態だ。そういうときにのみ、きみやすべての生きものたちはみんなから愛されることになり、みんなのうちの一人であるきみは、望み通りの幸福を手に入れることになる」。

どうだろうか。まるでちがうことをいっているような気がする。『生命について』では「あらゆる生きものが、ほかのもののために生き、自分以上にほかのものを愛するような状態」といっているが、ここには、「他人の幸福のために生き、自分自身よりも他人を多く愛するような状態」というよりも、もっと大きな広がりのようなものが感じられる。

たぶんトルストイの真意は、『生命について』の方にあるのだと思う。が、「他人の幸福のために生きる」という言葉の魅力にも、あらがいがたいところがある。人間というものがいかに自己への執着からのがれられないかを、その言葉は、照らしてくれるからだ。といって、私が惹きつけられるのは、そのことだけではない。そこには、小林秀雄のいう「怨望《えんぼう》」という言葉の消失点のようなものがみとめられるからである。

自分自身よりも他人を多く愛すること

小林秀雄と正宗白鳥が、トルストイの家出と野垂れ死をめぐって論争したことは、あまり知られていないかもしれない。「思想と実生活」論争といって、小林秀雄は、野垂れ死をしてまでみずからの思想に殉じようとするトルストイに打たれるのだが、正宗白鳥は、トルストイはたんに山の神をおそれ、家出をしたので、いかなる大作家も実生活上の破綻をのりこえることはできないと主張する。

若い頃からこの論争が気にかかっていて、やはり作家や思想家の舞台裏を覗いてそこから何かを取り出してくる正宗白鳥よりも、トルストイの野垂れ死に「思想につかれた悲劇」を見る小林秀雄の方が本質をとらえていると思っていた。とはいえ、小林も「思想につかれた悲劇」というときの「思想」とはどういうものかについては、はっきり述べていないのだ。

ところが、同じ頃に中原中也が、この論争とはまったく別に「小林秀雄小論」というのを書いて、小林について「この男はかつて心的活動の出発点に際し、純粋に自己自身のすなわち魂よりもヴァニティの方を一足先に出したのです」「ところがヴァニティの方が魂のことの方より少ししか進まなかったので、そして両方大きかったので、ある時期にいたって魂のことの方が先になったのです。晩熟しました」とのべているのである。

こんなこと、友人の詩人にいわれたら批評家としてはぐうの音も出ない。器量の小さい人間なら、そんなことを遠慮なくいってくる友人とは、もう付き合わないようにしようと自分から避けるところだ。

しかし、小林秀雄はちがっていた。この中原中也というのは、自分が思っていた以上に凄いやつだと思い返すのである。そうこうしているうちに、中也は、愛児の文也を病気で亡くしてしまう。中也の詩に凄みが出てくるのは、それからだ。要するに、ヴァニティではだめだ、虚栄心や自意識やと自分からのがれることができないのではどうにもならない。魂のことを先にしなければならない。

そう小林秀雄にいっていたのが、それじゃあ「魂のこと」ってどういうことと問い返されたら、答えに窮してしまうかもしれなかったのが、文也が亡くなってからは、魂のことことはトルストイのいうように「自分自身よりも他人を多く愛すること」だといえるようになる。

中也がトルストイについて書いたものがあるかどうか、調べてみないとわからないのだが、もう直観でそう思ってしまう。そこから見ると、トルストイの野垂れ死をめぐって論争していた正宗白鳥も小林秀雄も、何もわかっていなかったということになってしまう。トルストイは、「自分自身よりも他人を多く愛すること」という思想に殉じたので、山の神をおそれて家出をしたなど言語道断なのだ。

もちろん、中原中也は、そんなことを書き残していないので、類推に過ぎないのだが、文也が亡くなってからの中原中也の凄さというのは、この「思想」だけを起点にして詩を書いていたというところにある。「言葉なき歌」も「冬の長門峡」も「蛙声」も、そして「米子」もみんな、文也の死のあとに書かれた詩なのだ。

それで、詩人の中村稔もこれが中原の本質だとどこかでいっていた「春日狂想」である。長いので、さわりの部分だけ。

愛するものが死んだ時には、
自殺しなけあなりません
愛するものが死んだ時には、
それより他に、方法がない。

書き出しからぞっとさせられる。三・一一をはじめさまざま災厄で、愛するものをなくした人々が数え切れないほどいるはずだが、その人たちに向かってこの中原中也の言

葉は、むごい。だが、それが「魂のことの方を先にする」ということなのだ。とはいえ、
人間、生きている限りヴァニティからのがれられない。そこで、

けれどもそれでも、業(?)が深くて、
なほもながらふこととなつたら、
奉仕の気持に、なることなんです。
奉仕の気持に、なることなんです。
愛するものは、死んだのですから、
たしかにそれは、死んだのですから。
もはやどうにも、ならぬのですから、
そのもののために、そのもののために、
奉仕の気持に、ならなけあならない。
奉仕の気持に、ならなけあならない。

ああ奉仕の気持ちね、それなら納得できる、なんていっていると、中原の真意をつかんだことにならない。なにしろ「自分自身よりも他人を多く愛すること」だけを思想とし、それに賭けているのだから、「奉仕の気持ち」といっても慈善や慈悲とは全然ちがう。どうちがうかというと、実際に被災地に行ってボランティア活動でもしなければならないのに、ボーとして何にもする気になれない。人と会っても、心ここにあらずといった態で、うわのそら。ぼんやりばかりもしていられないので、なるべく丁寧に丁寧にと人にも自分にも対するのだが、なかなか思うようにならない。そのうちになんでもないことが無性に悲しくなってきて、いてもたってもいられなくなる。

それは「魂のことの方を先にした」のだから仕方がないのだが、実際には、それがこんなにも辛いことだとは思いもよらなかった。

中原中也は、そのような思いのなかで、「冬の長門峡」の

ああ！　――そのような時もありき、寒い寒い　日なりき

という言葉を記し、「米子」の

夏には、顔が、汚れてみえたが、冬だの秋には、きれいであった

という言葉を記したのである。そう思うと、二十代でヴァニティではない「魂のことの方を先にする」ことができるためには、愛児に先立たれるといった不幸に会っていないといけないのかもしれないと、思わずいいたくなってしまう。

しかし、それは本末転倒だ。中原に関していえば、彼の言葉が、そういう不幸を呼び寄せたので、詩はその結果に過ぎないともいうこともできるからである。

屁の音や糞を息む声

苦手なものの一つに、下ネタと下世話な話というのがある。そのためか、糞尿譚のようなものは、体質的に受けつけないところがあるのだが、小林秀雄の「満州の印象」のこんな一節を読んでいたら、身を切られるような思いがした。

小林秀雄は戦時中、従軍記者の仕事で杭州、南京を訪れ、その後、朝鮮、満州と旅行している。その間に感じたこと考えたことを記したのが、「満州の印象」だ。全体のトーンとして、「国民は黙って事変に処した」という小林の言葉に象徴されるように、満州の地でさまざまな苦難に会いながら、黙々とあたえられた仕事に従事する人びとのすがたが描かれる。なかでも、満蒙開拓青少年義勇軍の少年たちのそれを描く筆致は独特だ。

人々は黙々と従っているようで、「王道楽土」といった理念とは程遠い現地の窮乏状態に、なかば絶望している。だが、志願してやってきた少年たちには、そんなことを嘆くいとまがない。そういう若々しいエネルギーが感じられるといいながら、現実はとてもそんな呑気なことではすまないといって、以下の一節が来る。

便所は戸外にある。柱とアンペラと竹とで出来ている。小便をしていると、中から少年達の屁の音や糞を息む声が聞え、僕は不覚の涙を浮べた。こんなにまでしても必要な仕事かと思ったのではない。こんなにまでしてもやらねばならない仕事の必要さという考えが切なかったのである。

糞尿譚の受けつけない私は、「屁の音や糞を息む声」という言葉だけでアレルギーを起こしてしまう。しかし、それでは小林秀雄がこのような表現でいおうとしたことに追いつくことができない。

「大東亜共栄圏」や「王道楽土」という理念のもとに戦争を始めた日本国民は、そのことに黙って従事した。満蒙開拓青少年義勇軍の少年たちも、その中の一人であることに変わりはない。だが、現実はあまりに貧弱すぎ、零下二十度という寒冷の地で、柱とアンペラと竹だけでできた便所に折り重なるようにして、彼らは用を足している。そのことに、小林は不覚の涙を落としたというのである。

少年たちの屁の音や糞を息む声は、彼らのエネルギーをあらわしているのではなく、日本国家が掲げた理想と、現実の貧弱さとのギャップをあらわしている。そのことに気づいて、小林は、涙を流した。そう取ると、ここはどうしても「屁の音や糞を息む声」でなければならないと思えてくるのだ。

前線から送られてきた手紙

小林秀雄全作品（新潮社）をぱらぱらめくっていたら、戦時中編集責任者だった雑誌「文學界」二一号の編集後記に、前線から送られてきた手紙というのが引用されていた。郷里に残してきた貧しい妻が、夜店で買って送ってくれた「文學界」についてこんなふうなことが書かれている。

戦場に来て、ましてわが戦闘部隊なぞで、ひもどく「文學界」を読んだ後、捨てる気もせず、誰彼と貸して、表紙もなくなったものを、今でも背《はい》のうに大切そうにしまっている。上海付近の戦闘、南京攻略戦、徐州攻撃戦、更に武漢（漢口）攻撃に前進中なり。いまだもって命があるのが不思議でならぬほどです。

武漢（漢口）ははやわが指呼《しこ》の間にあります。揚子江に沿う岸なれば時に暇を見て、濁水に身体を洗う。その度にこの揚子江の水が澄んでくれたらと思うことしばしばです。揚子江の水の澄む日を私は心ひそかに待っている。その日まで生きるかどうかはわからない。今夜あたり、また敵の盲目飛行機が、来るかも知れぬ。緑色の風が青田を渡ってくる。泥臭い匂いをさせて。

日中は百三十度以上もあります。この頃は、月や星の出ない晩が続く。武漢（漢口）へと、我々はまた明日から攻撃前進します。にれの木の木陰で、この手紙を書いています。貴誌の発展を祈り、拙文をおきます。

現在も「文學界」は毎月発行されているが、もうこんな読者はいないだろう。こういう読者のために編集しなければといった小林秀雄の時代の緊張感も、見られないのではないだろうか。それにしても、この兵士の文章、迫真の名文といっていいのではないだろうか。

「奴隷の感性」から「至高の感性」へ

フィリップ・フォレストというフランス人の文芸批評家が書かれた『夢、ゆきかひて』(白水社)という本を恵贈いただいた。御本人からではなく、訳者の澤田直からなのだが、夏目漱石や小林秀雄についてのユニークな視点からの批評もさることながら、三・一一の災厄について、日本にいる者の眼からは死角になっているところに照明が当てられていて、感心させられた。

どういうことかというと、当時フランスでは、津波の映像が何度も流され、人々はまるでスペクタクルを見るようにそれに食い入って見ていた。その無責任さというか、身勝手さというものを目の当たりにした自分は、不思議に、彼らフランス人を非難する気持ちになれなかったというのだ。何度も来日して、被災地に近い東北の都市で講演を行ったことのある自分でさえ、どこかで、それらの映像をスペクタクルとして見ていたというのだ。

そのことを、ローマの詩人ルクレティウスの「心地よきは、大海で風に乱される海面での他人の困難な状況を、大地から眺めること」という言葉を引きながら、人間は、時として他人の不幸を楽しむことも、自分の幸福の反照のように受け取ることもできるというのだ。しかし、そういう邪悪な心をみとめたうえで、どのように共感する心を見出していくことができるかが問題ではないかという。

それをバタイユが広島の証言者について書き残した「触れえない夜の核心」という言葉であらわすことができるという。バタイユによれば、どんなに人間のなかに他人の不幸を楽しむ心がひそんでいようと、それは「奴隷の感性」であるということに気がつく瞬間があるはずなので、その瞬間から「至高の感性」へと向かいたいという思いにかきたてられる。それを推し進めるものこそ「共感」というものではないかとフォレスト氏はいう。

このような考えは、フランス人として培ってきたものから出てきたとも思われるのだが、やはり、彼が批評の対象としている、夏目漱石、小林秀雄、中原中也、大江健三郎といった日本の文学者の作品を読み込むことによってあらわれてきたものではないか。澤田直、小黒昌文による日本語訳も翻訳臭がなく、とてもいい日本語だった。

類のない思索の人

文芸評論家の三浦雅士は、すぐれた編集者としても知られているのだが、私から見ると類のない思索の人である。夏目漱石にふれた『出生の秘密』(講談社)、小林秀雄、中原中也にふれた『孤独の発明』(「群像」連載)など、タイトルからして三浦氏の思索の跡がうかがわれる。しかし残念なことに、後者は連載休止となって久しく、単行本では読むことができない。そんな三浦氏の文章は、目にふれる限り熟読するようにしているのだが、たまたま平林敏彦詩集『ツィゴイネルワイゼンの水邊』（思潮社）の栞で目にした。早速、読んでいったところこんな文章に出会った。

魂が物質に還元されえないのは、人間が言語とともにあるからである。魂とは言語のことなのだ。言語とともにあの世が登場するのであり、あの世とは要するに九十九パーセントまで言語でできているこの世のことなのだ。言語があるかぎり形而上学は無くならない。宗教が無くならないのと同じだ。「言葉なんかおぼえるんじゃなかった」（田村隆一）というのは「生まれてなんかくるんじゃなかった」というに等しい。

なるほど、「言葉なんかおぼえるんじゃなかった」というのは「生まれてなんかくるんじゃなかった」というに等しいというのは、目からうろこだ。だとすると「言葉のない世界を発見するのだ　言葉をつかって」(『言葉のない世界』)というのは、未生以前の世界を発見するのだ、以後の目を通して、ということになるのだろうか。そうだとすれば、田村隆一の詩は、父母未生以前本来の面目とは何かと問いかけていたということになるのかもしれない。

……………

向かい側の席

小林秀雄は、若い頃に志賀直哉に心酔していた。中原中也と同棲していた長谷川泰子と一緒になるものの、数年で別れることになり、関西に向うのだが、そのときに、奈良に住んでいた志賀直哉を訪ねる。何が、小林秀雄を志賀直哉に引き寄せたのかと思っていたとき、「内村鑑三先生の憶ひ出」という文章に出会った。そのなかで、志賀直哉はこんなことを述べていた。

人間には原罪意識といっていいようなものが強い人とそれほどでもない人がいて、たとえてみるならば、電車に乗っていて、急に陽がさしこんでくるようなものだ。日光の帯に埃が無数に舞っているのが、こちらの座席からは見える。しかし、向かい側の座席からは、何も見えない。埃が見えて気になる人は、向かい側の座席に移ればいいのに、空中に舞う埃から目が離せない。同じように、埃が見えないところに座っていながら、こちら側で埃を気にしている人から関心が離れず、次第に見えない埃を気にし出す人もいる。

自分は、若いころに内村鑑三先生の講話を聞いて、心を激しくゆさぶられた。先生の話は、電車の車内に急に差し込んでくる陽の光のようなものだった。私の中で、無数の埃が舞い上がるのが見えたと思った。しかし、私は、長く先生の思想についていくことができなかった。結局は、そっと向かい側の席に移って、埃などどこにもないかのように装った。確かに埃は舞っているはずだが、日陰となっているため何も見えない。そうして、自分は少しずつ先生から離れていった。

こんな話だったと思うが、これを読むと、小林秀雄だけでなく、誰もが思わず志賀直哉に惹かれてしまうのではないかと思われてくる。電車の車内に急に陽の光が差し込んでくると、しばらくは舞い上がる埃に目をやっているものの、いつの間にか向かい側の席に移ってしまう。自分も、その類の人間なのかもしれないと思わせるような不思議な文章だからだ。

IV

村上春樹とカフカと三・一一

理由のない暗鬱さ

必要があって、村上春樹『女のいない男たち』（文藝春秋）を読んでいるのだが、そのなかの「独立器官」というところに来て立ち止まってしまった。五二歳の美容整形外科の医師が、患者だったある女性に恋をしてしまい、恋しいあまり鬱症状を呈し、拒食症となり痩せ細って死んでいくという話なのだ。村上春樹にしては読みやすいとはいえない文章の運びなのだが、ここには何かとても暗鬱としたものがある。

異性を恋しく思って鬱症状に陥るということは、本来ありえない。恋しい異性にまったく認めてもらうことができず、逆に人格を否定されるような仕打ちにあった場合、鬱症状に陥るということはありうる。だから、何かが転倒しているのだ。

私の勘では、村上春樹は、社会的にも認められ、家庭にも恵まれ、経済的にも安定した生活を送っているような人間が、不意に何の理由もなく暗鬱な病に取りつかれ死にいたるということの怖ろしさを描きたかったのではないか。

こういう理由のない暗鬱さというものが、一見安定した生活をおくっている層にもじわじわと忍び込んできている。それは異性への恋心にかぎらず、何かこのうえないものを求めずにいられない思いの先にあらわれるものではないか。

たとえば、すべてが満たされているような生活を送っている若者のなかで、針の先ほどの穴から忍び込んでくる暗鬱な思いを消し去るために「イスラム国」に身を投じるという例がアメリカやカナダで報じられていた。アメリカやカナダだけではない。何か、通常では考えられないものが、世界中の人々の心に忍び寄っているように思えてならない。

現実はもともとどこか色褪せたもの

村上春樹『女のいない男たち』の「シェエラザード」と言う短編に出てくるヒロインの言葉に、「人生って妙なものよね、あるときにはとんでもなく輝かしく絶対的に思えたものが、それを得るためには一切を捨ててもいいとまで思えたものが、しばらく時間が経つと、あるいは少し角度を変えて眺めると、驚くほど色褪《あ》せて見えることがある」というのがある。

そうかもしれないと思うものの、自分には「それを得るためには一切を捨ててもいいと思えるほど、とんでもなく輝かしく絶対的に思えたもの」があったかしらとも思ってしまう。だから、こういうセリフはあくまでもフィクションのなかでのものなので、現実はもともとどこか色褪せたものなのだと考えたほうがいい。

しかし、それだけでは何かもったいなさが残ってしまう。そこで、「人生ってそんなに輝かしいものでもなく、それを得るためには一切を捨ててもいいと思えるようなものなんてめったにないのだけれど、何かこのうえないものを味わいたいという願望みたいなものは、どこかに残っているのではないかしら」といいかえてみる。

それで、少し安心したような気分になるのだが、村上春樹の小説に登場するヒロインには、この安心がない。なぜかというと、それを得るためには一切を捨ててもいいと思えるほど、とんでもなく輝かしく絶対に思えるものが先にあって、それのために人生が色褪せて見えることをどうしても受け入れがたいという思いがあるからだ。鬱症状が忍び込んでくるのは、ここを通ってなのである。

見えない網に絡まれていく人間たち

この間、村上春樹『女のいない男たち』の「独立器官」という短編で、五二歳の整形外科医が、患者の女性を恋しく思うあまり、鬱病になり、何も口が通らなくなって餓死するという話を紹介した。そのときに、「異性を恋しく思って鬱症状に陥るということは、本来ありえない」と断言したのだが、もしかしたらこういうケースがありうるのかもしれない。

しかも、村上春樹の小説に出てくる恋愛というのは、どちらかというとこの傾向が強い。『国境の南、太陽の西』の「僕」と「島本さん」、『スプートニクの恋人』の「ぼく」と「すみれ」「すみれ」と「ミュウ」、そして『1Q84』の天吾と青豆。他にもありそうだが、考えてみると、彼らのどの一人も「異性を恋しく思って鬱症状に陥る」タイプの人間なのだ。

その理由は何だろうかと考えていたのだが、「一目惚れ」ということではないかと思われてきた。『国境の南、太陽の西』では、小学五年生のときに転校してきた島本さんに「僕」は「運命的な出会い」を感じる。『スプートニクの恋人』では、すみれが一七歳年上で同性のミュウにわけのわからない力で引きつけられ、遠いギリシアまで追っていく。「ぼく」もまた、ミュウにうながされてすみれのもとに向かう。そして『1Q84』である。首都高の特別なエリアからすり抜けて異界へとおもむくことのできる青豆には、異性を恋しく思って鬱症状を呈する女性のイメージが感じられなかったにもかかわらず、次第に、子供の頃の天吾との運命的な出会いの話へと変わっていく。

村上春樹の経験なのか、この一目惚れ的な出会いというものが意識の奥に根を張っているといいっていいのかもしれない。しかし、このモチーフは、私からいわせると不毛なのだ。なぜかというと、「一目惚れ」がある種の「このうえなさ」をもたらすのは、「死にいたるまでの生の蕩尽」であるからで、現実にもどってみれば、いわれるところの「死」に値するような何かによって、この恋は遂げられることはないからだ。そこに鬱症状をもたらす理由が見出される。そうであるとするならば、この「死」に値するような何かをこそ突きとめなければならないのではないか。

一目惚れ的な出会いと別れにこだわる村上春樹は、「わけのわからない力で二人は引きつけられ、同じようにわけのわからない力によって引き離される」といいたいのだろうが、その力とはどういうものなのか。そこをこそ問い掛け、それをモチーフとしなければならないのである。

本当にすぐれた作家というのは、かならず、そこに立ち止まってそこから世界を見ようとする。なぜ彼はわけのわからない力で彼女に引きつけられるのか、いったいその力とは、どこからやってくるのだろうか。そう問いかけるとき、恋しいあまり鬱症状を呈するのではなく、このわけのわからない力に翻弄されるようにして鬱症状を呈し、誰かを傷つけたり、誰かに傷つけられたりする。

そして、ここが大事なところだが、すぐれた作家は、かならずこのような見えない網に絡まれていく人間たちのために、みずから、あのわけのわからない力の犠牲となっていく存在を描き出す。

さまよいの経験

カミュに『異邦人』という小説がある。主人公ムルソーの孤独感というのはなかなか普通の人間には理解しがたいところがある。私など、ムルソーの孤独よりも彼が「太陽の光がまぶしかった」という理由で殺人を犯してからの心理の方が、わかるような気がして、何度かそれについて書いたことがある。

罪を犯して囚われの身となったムルソーが、自分がこの世界から消え去った後にも、やわらいだ大気のなかの新聞売りの呼び声や、辻公園のなかの最後の鳥たちのさえずりや、街の高みの曲がり角での電車のきしみや、港の上に夜がおりる前の空のざわめきが、決して絶えることはないだろうという思いにとらわれ、「世界のやさしい無関心」につつまれる場面。

そのとき、ムルソーは「自分が幸福だったし、今もなお幸福であること」をさとり、さらに、「この私に最後に残された望みといっては、私の処刑の日に大勢の見物人が集まり、憎悪の叫びをあげて私を迎えることだけだった」と思う場面。私には、どれも心にしみこんでくるような場面だ。

詩人の渡邊十絲子が最近上梓した『今を生きるための現代詩』（講談社新書）を読むと、この世界のなかで、自分が「幽霊」のように、誰とも交わらないでいるときの孤独、自分がこの世界で異物であり、自分にとってこの世界は異郷であると感じられるときの孤独について述べられていて、これは、ムルソーの「世界のやさしい無関心」につつまれる以前の「孤独」にちがいないと思い、思わず引き込まれてしまった。

タイトル通り、谷川俊太郎、黒田喜夫、入沢康夫、安東次男、川田絢音、井坂洋子といった現代詩人の作品を採りあげながら、一三歳の頃から、現代詩を読んできた自分の読書体験に重ね合わせてそれらの作品が読み解かれていく。いわゆる一般読者向けの詩の鑑賞とは、ひと味もふた味もちがうものなのだ。

どこがちがうかといって、これらの詩人たちの作品にはすべからく、自分が「幽霊」としてこの世界に生きているような孤独が、刻み込まれているという信憑によって鑑賞がなされているという点だ。だから、生まれてからこのかた一度も、自分が異物であり自分にとってこの世界は異郷であるという思いにとらわれたことのない人間には、ちょっと読めない。

文章が易しく、わかりやすいので、すらすら読めるのだが、根本のところが読めない。私も、その意味でいえば読めない一人かもしれないのだが、幸いというか、ムルソーの「世界のやさしい無関心」については肌で感じられるので、そこのところから、かすかにかいまみることができる。

「たちあらわれる異郷」というタイトルの章で、二〇歳の頃、留学生として北京に滞在していたとき、知人を訪ねて郊外バスに乗り、自分が「幽霊」になってしまうようなさまよいの経験をしたときのことが綴られている。このあたり、ぞくぞくするような寒気が感じられて、あらためて渡邊十絲子という詩人の言葉の力に打たれてしまった。村上春樹が『国境の東、太陽の西』で「島本さん」という孤独な女性を造形したが、その原型に当たる存在が、ここにはかいまみられるように思われてならなかった。

女曲芸師マルグリット

サルトルの晩年の大作『家の馬鹿息子―ギュスターヴ・フローベール論』を書棚から引き出して、ぱらぱらめくっていたら、こんな言葉に出会った。

「誰もが四十歳になると自分の顔に責任がある」「醜い顔は魂の醜悪さを暴露しているように見える」。「さらに困ったことにそれは不幸を予言しているように思われる」。「真の意味で醜い女性は人間の顔の〈無表情〉な平板さのなかにあって、人をおどろかせ、調和を乱す。そしてその女が不幸であることを、誰一人疑わぬのだ」。

（第一部　父と息子）

女性蔑視とも受け取られかねない言葉だが、もちろん現実の話ではなく、フローベールの小説の話だ。フローベール一五歳の作品に「この香を嗅げ」というのがあって、サーカスの女曲芸師のマルグリット（おお、あのマルグリット・デュラスと同名の）が、嫉妬に狂ってライオンの檻に身を投げ出し、九死に一生を得るものの、最後はセーヌ川に身を投げ、死にいたるというもの。

この話について、サルトルは、人間の受難というのは、嫉妬・怨望・憎悪を自分ではあずかり知れぬうちに飼いならしてしまったことに、最もよくあらわれるといって、そのことを、これでもかこれでもかと論じていく。その執念たるや、文芸批評の矩をはるかに超えている。

サルトルもサルトルだが、一五歳で、嫉妬に狂う女曲芸師マルグリットを描き出すフローベールというのも、ほとんど矩を超えている。以下の独白。本当に一五歳の文学少年の手になるものかどうか、眉に唾をつけながら読んでみたい。

「きれいな女は憎らしい、自分がみっともないんだもの。あんたがほれちゃったからあいつが憎いんだわ。人に好かれるやつが憎いからだわ。あんた、しあわせね、あんたって人。しあわせな人間はみんな憎いのよ。あんたには金がある、金持ちなんてみんなきらい。あたし、人から好かれないし、不しあわせで、貧乏なんだもの。なぜかしら、ペドリヨ、なぜいつでもまるで何かみっともないものみたいにあたしのこと追っ払うの？　そうだわ、ほんとね、みんなからあんたが馬鹿にされるのが怖かったからなのね。あたしは世の中から馬鹿にされてるものは好きなんだわ。曲芸師たちって好きよ。あたしときたら。淫売や最下等の街の女も好きだわ。それでもあんたのイザベラダだけは憎らしい。ええッ！　できたら、足でふみつけてあいつをふみつぶせたらね。あの体の上を、胸や顔や頭の上をふんづけられたらどんなにいい気持かしら。あの女を食べちまい、むしゃむしゃかじってしまえたらさぞいい気持だろう」。（松田穣訳）

これって、乗ってた頃の村上春樹の小説を思い起こさせる。そういえば「風の歌を聴け」の「鼠」のセリフに「金持ちなんて・みんな・糞くらえさ」というのがあった。村上春樹もこのマルグリットのような女性を『1Q84』に登場させて、青豆やふかえりの向こうを張らせていたら、さらに本格的な小説になっていたのではないだろうか。

授賞式の招待状

政治家や学者でいうと人脈というのがさかんにいわれるが、物書きでは、どうなんだろう。文壇、詩壇の人脈とかいうのだろうか。まあ、そういう言葉も死語に近いのだが、物書きどうしのつき合いだけは、残っている。しかし、このつき合いというものを、まったくしない作家や詩人、評論家というのも、いないことはない。聞くところによると、村上春樹が、その代表のようだ。

いったい、村上春樹にとって盟友とは誰だろう。たとえば、中上健次にとっての柄谷行人のような存在はと考えてみるに、思い浮かばない。あれほど、村上春樹の小説を深く読み込み、村上本を多く出版している加藤典洋でさえ、ゆっくりと話したことは一度もないという。一時は、村上龍と一緒に両村上と称せられて、文学上の交流があったようだが、そういう話も聞かなくなった。

そんな村上春樹だが、一九九九年にオウム真理教信者へのインタビューをまとめた『約束された場所で』(文藝春秋)で、桑原武夫学芸賞を受賞したとき、私のところに授賞式の招待状が届いた。当時、文芸時評と書評の仕事で、受賞作の『約束された場所で』と地下鉄サリン事件の被害者へのインタビューをまとめた『アンダーグラウンド』(講談社)を高く評価していたせいなのかもしれない。これらのインタビュー集については否定的な意見が多く、物語作家としての本来の力をそぐものというのが大勢だった。

しかし、私はこのインタビューから見えてくる村上春樹の真摯な姿勢と視線の低さには、ストーリーテラーとしての村上からは決して受け取ることのできないものが、みとめられると思った。いまでいえば、共苦《コンパッション》と受苦《ライデン》の感触とでもいうところだが、当時、そういう言葉を編み出していなかったので、一生懸命それに近いことを述べた記憶がある。

村上は、そういう私の批評を容れてくれたのだと思う。そうでなければ、授賞式に招待などするはずはない。しかし、私は当時東進ハイスクールの講師として全国を飛び回っていて、授賞式の当日も、朝から何コマも授業が詰まっていて、休むことなどできなかった。やむを得ず、欠席の通知を出したのだが、それから五年後に、加藤典洋が同じ桑原武夫学芸賞を受けたとき、ほんとうに親しい人ばかり五人ほど招待されていたことを知って、村上春樹に対しては、何かとんでもない裏切り行為をしていたのではないかと思い、後悔したのだった。

これから先、村上春樹が『約束された場所で』や『アンダーグラウンド』にこめられた共苦《コンパッション》と受苦《ライデン》をモチーフにした本格的な小説を書いて、ノーベル賞でももらうことになったら、あのときの非礼を詫びるとともに、その小説に対する批評を記した手紙をしたためて、村上春樹事務所に送ってみようと思っている。

……………

カフカの作家魂

カフカ『夢・アフォリズム・詩』（平凡社ライブラリー）は、カフカの日記や手紙、ノート・断片から抜粋した表現の集成、新書サイズで四〇〇ページに満たない本なので、電車の中などで読むのに最適だ。しかし、実際にカフカの「手紙」や「日記」を読んでいくと、この種の抜粋集に収めたい表現が目白押しだ。以下は、一九二二年、友人のマックス・ブロートに宛てた手紙から。

「昨夜は眠れなくて、僕は再三再四、ありとあらゆることを、ずきずきとするこめかみとこめかみの間を行きつ戻りつさせていた。そんなとき、近ごろはずいぶん穏やかな日がつづいているうちにほとんど忘れかけていたことをまた思い知らされたのだが、なんと脆弱な地盤、というよりまるで存在もしない地盤のうえに僕は生きていることか、足の下は暗闇だ、そして暗い力がそこから、みずからの意志で生まれ出て、僕が口ごもる言葉なぞ歯牙にもかけず僕の生活を破壊するのだ。書くことが僕の生活を支えている、しかし、書くことがこうした類《たぐい》の生活を支えていると言ったほうがより正しくないだろうか？　むろんそれは、僕の生活は、書かなければもっとよくなる、という意味ではない。むしろそうなれば、ずっとひどく、まるで耐えがたいものになって、狂気に終わらざるをえない。しかしそれはもちろん、じつはこれが現状なのだが、僕が書かない場合でも作家である、という条件においてだけの話であって、書かない作家というのは、いずれにせよ求めて狂気に陥る化物なのだ」。

（吉田仙太郎訳）

カフカは、何と途方もないことをいうのだろう。だいたい、眠れないときというと、できるだけ考えることを中止し、羊が一匹、羊が二匹……のようなどうでもいいことを思い浮かべる。だが、カフカの場合、ずきずきするこめかみの間で懸命に自分の現状について考えようとする。そういうことをすれば、「なんと脆弱な地盤、というよりまるで存在もしない地盤のうえに僕は生きていることか」といったペシミスティックな感慨に襲われるのは目に見えているのに、やめようとしない。

なぜやめようとしないのかというと、この眠れない夜に陥没する闇のなかにこそ、書くモチーフがあると確信しているからなのだ。だから、ある意味でいうとカフカは、眠れない夜の闇をひそかに偏愛しているともいえる。また眠れない夜がやってきた、しかし、この夜を眠ろうとして過ごすのではなく、書くことのモチーフを確かめるために過ごさなければならない。自分にとって、眠れない夜のこわさよりも、書くことのモチーフが底をついてしまうこわさのほうが、より怖ろしいのだから。

というよりも「書かない作家というのは、いずれにせよ求めて狂気に陥る化物なのだ」から。

何という作家魂であることか。私などは、眠れないときは、できるだけ心を安らかにして、書くことやなんかから遠ざかろう、そして快く眠りに落ちていくことによって、翌日の仕事がはかどるのだと考えてしまう。だが、それでは、ダメなのだ。今日はそのことを思い知らされただけでも、大きな収穫だった。たとえ、現実的にカフカに倣うことはできないとしても。

容貌からはうかがえない魅力

カフカ全集（新潮社）の「フェリーツェへの手紙」という巻を読んでいるのだが、「変身」を書いている時の、以下のような手紙の一節など、カフカはよほどこの女性を信頼し、愛していたのだろうと思わせる。

ぼくの小さな物語の主人公がすこし前死にました。あなたの慰めになるなら、彼は十分平穏にそしてすべての人々と和解して死んだことを知って下さい。(城山良彦訳)

この女性との間で、カフカは二度婚約し、二度とも婚約破棄していることもよく知られている。その後も、カフカはミレナをはじめ、何人かの女性に恋をしていたとされ、その女性関係がさまざまに取り沙汰されたりする。しかし、興味深いのは、「フェリーツェへの手紙」の巻に収められている彼女の写真だ。一枚はカフカと並んで撮ったもの、一枚は肖像写真として撮ったもの。どちらも、当時三〇歳のユダヤ人女性として、とくべつ目を引く容貌ではない。

その隣に、同じくカフカが一時期、惹かれていたといわれるグレーテ・ブロッホの写真があるのだが、こちらは十分魅力的な容貌にみえる。ユダヤ人女性やドイツ人女性の容貌など、何を基準に判断できるのかという向きもあるかと思うが、女性の容貌について、男には何か普遍的な基準のようなものがある。それは、私がいったことではなく、夏目漱石が、芸術作品の美の基準が測りがたいのに対して、女性の容貌を判断する基準はだいたい決まっているといった言葉（「文展と芸術」）による。

だとすると、カフカは、どうもフェリーツェのなかに、容貌からはうかがえないような魅力を感じていたということになる。それは、手紙の文章に生き生きとあらわれていて、もし、フェリーツェの写真がなければ、私たちはいつのまにかこの女性の容貌が、どんなに可憐で美しかったことだろうと想像してしまいそうだ。

そんなことを考えると、先の漱石の言葉も眉唾物といっていいように思えてくる。私たちは『それから』の三千代や『門』のお米を好みのイメージで受け取り、時には、挿絵に描かれた姿を思い浮かべたりしがちだが、現実には、代助や宗助にとって、三千代やお米の容貌よりも、彼女が他人の妻であっても（あるいはあるがゆえに）惹かれるというそのことのほうが重大事だったと思われてくる。

たしかに、男性でも女性でも、写真や何かではわからない、現実に出会い接していくなかで発見する魅力というのは、確実にあるのではないだろうか。

人を狂気にするおそろしいギリシアの太陽

古代ギリシアの哲学者で、樽の中を棲み家としたといわれるディオゲネス。その批判精神と異端の振舞いから犬儒派《キュニコス》などともいわれる。よく知られた逸話に、アレキサンダー大王が、ディオゲネスの噂を聞き、ぜひ一度会いたいと、大勢の家来を引き連れて、彼のもとに訪れ、何か望みはないかとたずねたところ、「あなたにそこに立たれると日陰になるからどいてください」とだけいったというのがある。

フーコーは、晩年の「パレーシア講義」において、このディオゲネスの哲学とその生き方に、あるべき人間の姿をもとめたとされている。このことについて、柄谷行人は、以下のように述べている。

フーコーによれば、キュニコス主義は古典古代において嫌悪されながら重視され続けた。そして、それはやがて、キリスト教の修徳主義（ドミニコ会やフランシスコ会）に取り入れられた。つまり、パレーシアや哲学的な「生」は、哲学よりむしろ宗教のほうに残ったのである。その後も消えることはなかった。近代では、それは芸術家の生き方や「極左主義」というかたちをとったと、フーコーはいう。三〇年後の今日、それは消えてしまっただろうか。

（ミシェル・フーコー講義集成13「真理の勇気」書評）

こういう言い方のなかに、ディオゲネスに惹かれる柄谷行人の思いがかいまみられる。私もまた、樽の中のディオゲネスの生き方をもっと知りたいという思いからのがれることができなかった。それは、権力や栄誉や富貴といったものから最も遠い場所に自分をおくことへの配慮といっていい。だからこそそれは、キリスト教の修道士や、近代の「呪われた詩人」と呼ばれる芸術家、さらには、現代のアヴァンギャルド、そしてラディカルな革命家へと受け継がれていった。

だが、樽の中のディオゲネスを特徴づけているのは、大いなる矜持《きょうじ》のようなものであって、この矜持は一方において、キリスト教の修道会をも、呪われた詩人をも、アヴァンギャルド芸術家をも、前衛革命家をも、危ういところへと追いやってきたといえる。彼らのなかの多くの者は、その矜持ゆえに、わが身を滅ぼしたということもできるからである。

そこで、どのような矜持からも見放されたディオゲネスを、思い描いてみるならばどうか。アレキサンダー大王の訪問を畏れ多いものとし、みずから身を低くして、太陽の光をさえぎらないでほしいと懇願するディオゲネス。

カフカによれば、このようなディオゲネスをとらえていたのは、矜持であるよりも、いかなる矜持をも抱くことのできない深い絶望であり、彼が太陽の光を望んだのは、輝く明るさのなかに身をおこうとしたからではなく、「人を狂気にするおそろしいギリシアの太陽」(『ミレナへの手紙』辻瑆訳)の前に身をさらしつづけなければならないと思ったからである。実際、彼の樽のなかは、亡霊がうようよとしていたのだ、だからこそ、残酷な太陽の光をあれほどまでに懇願したのである、と。

私には、こういうカフカこそが、誰にもまして、真のシニシズムの持ち主であるように思われるのだ。

晩年のカフカが思いを寄せたミレナ

晩年のカフカが思いを寄せたチェコの編集者であり、ジャーナリストのミレナ・イェセンスカ。カフカの作品のチェコ語への翻訳を通して親交をもつようになり、やがて十三歳年下のミレナに、カフカは、熱烈な手紙を出すようになる。そのミレナについて、ドイツ文学者の辻瑆《つじひかる》が、こんな内容の文章を残している。

「ファシズムの時代になると「危険な生命」という言葉が流行したのだが、と『スターリンとヒトラーのもとでの囚人として』の著者であるマーガレーテ・ノイマンが語っている。しかし私は自分の全生涯を通して危険な悲劇的生命に生まれついた人間に出会ったのは、たった一人だけである。それがこの、ミレナであった、と」。「ミレナは、ドイツ軍がプラークに進駐して、その地のユダヤ人たちに黄色の星印を付けさせたとき、ユダヤ人でもないのに敢然としてこれを身につけ、市民を抵抗運動にさそおうとしたのであった。そして亡命をすすめるどんな友人の言葉にも従わず、プラークにふみとどまって、遂にラーヴェンスブリュックの強制収容所へと送られたのである。マーガレーテ・ノイマンもまた、トロツキストとしてシベリアの強制収容所を体験した後に、このラーヴェンスブリュックの強制収容所に入れられていた」。

「マーガレーテ・ノイマンは、当時のことをこんなふうに回想する。時がたつにつれて、当然われわれは、それまで私がほとんど知らなかったフランツ・カフカについて語り合うようになった。当時のミレナの気持を動かしていたのは、過ぎ去った昔の恋愛関係よりも、カフカの天才に対する畏敬の念であった。彼女が描き出したのは、恋人カフカではなく詩人カフカだったのである、と」。

（『カフカ全集第五巻　ミレナへの手紙』月報）

そんなミレナも、一九四四年強制収容所で腎臓病が悪化し、五七歳の生涯を閉じた。ミレナが大切に保存していたカフカからの書簡は、マックス・ブロートの編集で、『ミレナへの手紙』として出版されている。そこで、カフカは自分のなかのどうにもならない不安と焦燥を、ミレナにえんえんと訴えかけている。まず、いまならストーカーにもなりかねないカフカの態度に怖気をふるって交際を絶つところだが、ミレナは、カフカの訴えのなかに天才の輝きをかいまみていた。みずから強制収容所へとおもむいたのも、カフカの影が彼女を駆ったのかも知れない。

文章の値段

カフカ全集の中で、「日記」の巻だけが紛失していたので、やむをえず、「日本の古本屋」サイトで購入した。送料込みで、三〇〇〇円だった。アマゾンの古本サイトでも、「日記」の巻だけは高値がついていて、六五〇〇円の値札をつけている店もあった。

モーリス・ブランショとロラン・バルトが、高く評価していたという「日記」の文章だが、巻頭から、以下のような言葉がつづく。

「列車が通り過ぎると、見ている人たちは立ちすくんでしまう」。

「彼のまじめさはぼくの息の根をとめる。襟にカラーをつけ、髪をぴったり頭に撫でつけ、頬の下の方のここぞという筋肉を緊張させ……」。

「森はまだ依然として存在しているのだろうか。さっきはまだ殆ど存在していた。しかし、ぼくは十歩先へ視線を投げたかと思うと、すぐまた退屈な会話に捉えられてそれを止めてしまった」。

「暗い森の中のびしょびしょした地面にいると、そこの様子が、ぼくには彼のカラーの白い色を見ただけで分かった」。（近藤圭一・山下肇訳）

これが、いったい「日記」なのかと思ってしまう。カフカは、頭の中に浮かんだ小説の断片のようなものをメモを取るように次々に「日記」に記していった。四五〇ページ二段組のすべてが、このような文章でできていたら、ほとんど驚異だ。が、日常の出来事、家族や友人とのやり取り、観劇の印象など、さまざまなことが記されている。それらの記述の合間に、突然のように、上記のような不可解な断片が出てくるのだ。

以前にも読んでいるのだが、紛失したためどこに線を引いていたのか確かめることができない。しかし、今度は、夢の記述や小説の断片風の記述だけを、拾い上げて、そこに線を引いていくようにしてみよう。

いずれにしても、こういう文章に値段がつけられるのかどうか、六五〇〇円をつけた古本屋の店主は、ある意味ですぐれた鑑識眼の持主なのかもしれない。

脇腹のバラ色の傷

カフカというのは、決してストーリーテラーではないが、現実透視の力とみずからが透視したものを表現する力において、類を見ない。「田舎医者」という、文庫で一〇ページにも満たない短編。

私は途方に暮れていた。すぐに出かけなければならなかった。重病の患者が、十マイルも離れた村で私を待っている。猛烈な吹雪が、私と彼の間の広い空間を満たしていた。馬車は持っている。軽快で、車輪が大きく、この辺りの田舎道には適した物だ。毛皮をまとい、手には道具鞄を持ち、私は既に旅支度で庭に出ていた。しかし馬がいない。馬が。私の馬は昨晩死んだのだ。

（石波杏訳）

この書き出し。決して物語のそれではない。一見そうみえるのだが、物語が進行しようとすると、すぐに挫折してしまう。重病の患者が待っている村に、猛吹雪のなか出かけようとする医者が、万端整っていざというときに、馬車を引く馬がいない、「私の馬は昨晩死んだのだ」とくる。にもかかわらず、物語は進められなければならない。医者は、思いがけない椿事に出会って、ようやく馬を走らせ、患者のいる村に着くのだが、患者の若者は、どこにも異常が認められず、健康そのものにみえる。だがよく見ると、脇腹のあたりにむごたらしい傷口が見える。

右脇腹の、腰に近い部分に、掌ほどの大きさの傷口が開いている。薔薇色だった。場所によって色の濃淡があり、奥は暗い色、端は明るい色だ。血液が不均等な小さい粒になってこびりつき、露天採掘の鉱山のように口を開けている。離れて見れば以上の通りだが、近づくともっと惨たらしい。口笛を鳴らさずには見ていられないほどだ。小指ほどの大きさの蛆虫が、薔薇色の体をさらに血で赤く染めて、傷の中に潜り込んだ状態から、白い体とたくさんの脚をよじって光のほうへ這い出ようとしている。（同前）

これに続けて「哀れな若者よ、もう助かる見込みは無い。大変な傷を見つけてしまった。君はこの脇腹に咲いた花によって、死に至ろうとしているのだ」と医者はつぶやく。若者もまた、こういう「徴候」を脇腹にうがたれた以上、生きているわけには行かない、「私を死なせてください」という。

この展開、ぞっとするほど怖い。これは、ストーリーがもたらす怖さではない。何かわけのわからないものを表象しているその怖さだ。ラカンは、この若者の脇腹のバラ色の傷を「サントム」と呼んで、人間の無意識に刻印されているおぞましい傷といった。小指ほどの大きさの蛆虫が、たくさんの足をよじって光のほうへ這い出ようとしているような傷口とは、いったい何なのだろう。
これがカフカのカフカたるゆえんだ。

....

最も遠い者、未来に出現するものへの愛

東日本大震災と福島原発事故から三年目ということで、新聞、テレビなどさまざまな特集を組んでいる。もう三年になるのだから、東京オリンピックの方へシフトを変えるべきではという声もあるようだが、現実が、それをゆるさない。

小林秀雄が、憲法九条を忘れてはいけないということをいうために、「敗戦という大事実」とか「事実の強制力」という言葉を述べたことがある。私たちもまた、「三・一一という大事実」、その「事実の強制力」から、自由になれるなどと思ってはいけない。いまだに発見されない二六〇〇人以上の行方不明者が、いまもどこかで彷徨っているということに思いを馳せるとき、そういう不自由さのなかにいることを受け入れなければならない。

一ヶ月以上前に、可愛がっていた猫が病死した。毎晩寝る前に、その猫のことを思い、いまごろどこでどうしているのだろうと思ったりする。津波に呑みこまれ、いまだに彷徨っている行方不明者のことなどは、思いのなかに焦点を結ぶことはない。しかし、こうして何かをきっかけにそのことに思いを馳せるとき、可愛がっていた猫の魂の行方をたずねながら、無意識のうちで、見も知らない人々の魂の行方を思い見ていたということに気がつく。

人間というのは、家族や友人や恋人といった、もっとも近い他者との関係のなかで、喜びを見いだし、生きる実感をえている。しかし、ほんとうに喜びが深く、生きていることに満たされていると思うとき、最も近い他者の向こうに、遠くにあって、いまにも行方知れずになりそうな他者のすがたをかいまみているのだ。喜びだけでなく、悲しみもまたそのようにして、私たちの前にやってくる。そのことを、私たちは日々の雑事にまぎれ、失念しているのだが、何かのきっかけで、不意に思いいたる。

そういうとき、たとえばニーチェは「遠人を愛せよ」という言葉を発した。「隣人愛より高いものは、最も遠い者、未来に出現する者への愛である」(『ツァラトゥストラ』手塚富雄訳)と。むずかしいことをいっているのではない。最も近い他者への愛が、隣人愛という教義にくくられるものでないとするならば、それは、かならず最も遠い他者への愛をよみがえらせる。未来に現れる者、未来からやってくる者への愛をもよみがえらせるのだ。

復興という強迫観念

たまたまつけていたテレビでＮＨＫスペシャル「震災四年　被災者一万人の声」というのをやっていた。聞きながら仕事をしていたのだが、だんだん引き込まれていって、とうとう画面と向き合うようになった。被災地の復興が思うように進んでいないことは知っていたが、ここにきてＰＴＳＤの症状を訴える人たちが増えているということを知り、いまさらながらに衝撃を受けた。

四年間封印していた心の奥から、流されていく人やクルマの中に閉じ込められた人に何もしてやれなかったという思いがあらわれ、人知れず苦しんでいる二五歳の男性の姿が映し出されていた。心療内科の医師の話では、震災後いち早く立ち直って何事につけてもがんばり通してきた人たちが、ＰＴＳＤの症状に苦しむようになってきたという。

私は、何が問題なんだろうと、しばらく考え込んだ。

番組では、そういう人たちの実態に迫る一方で、そのような症状をのりこえて立ち直る人々、さらには、新たな試みをおこなって、少しでも復興に手を貸そうとする人々にスポットライトを当てていた。それはそれでいいのだが、やはりどこかに「がんばろう」といったニュアンスが感じられ、むしろ大切なのは、そんなにがんばらなくともいいのだということを、どこかでつたえることではないかと思われてならなかった。

大震災に遭った時、被災地の人たちが自分のことはさておいて、自分よりも困っている人々に少しでも手を貸そうとしている様子が映し出され、多くの人々に感動をあたえた。しかし、いつの間にか復興をいち早く進めることにばかり関心がいき、あのときの心情が忘れ去られていったのではないだろうか。いや、被災地の復興ということに問題があるのではなく、日本全体が、いや世界全体が何かから復興しなければという強迫観念に襲われていることに問題があるのではないか。

人間の生というのは、さまざまなかたちで反復することはあっても、旧に復するということはありえない。フロイトはそのことを、死の本能と名づけ、人間は、結局、無機物へと還っていくのだといったのだが、それはペシミズムでもなんでもなく、「がんばろう」といってどうしても復興へと向かわずにいられない人間のありかたへの警鐘だった。「人間は波打ちぎわの砂の表情のように消滅するであろう」（『言葉と物』渡辺一民・佐々木明訳）と述べたフーコーの言葉も、たんに人間主義の終焉といったことだけではなく、世界全体が復興へと向かおうとする機運への警鐘だったのだ。

そう思って、私たち一人一人が、少しでもみずからを顧みることがいま求められているのではないだろうか。

自分が類なく愛されてきたという記憶

三・一一の特集番組を観ていると、危険を顧みずに避難誘導をして、みずからの命を失った多くの人たちを追跡したものが少なくない。だが、なぜあの人たちは、そうせずにいられなかったかについての言葉はなかったような気がする。

私の感じでは、彼らのなかには、いざという時に、誰かのために自分を投げ出さずにいられない何かがいっぱいに湛えられていたのだ。だから、あの激しい揺れでその湛えられていたものがいっぺんに溢れ、人々の方へと流れていった。それは、たぶん愛に似た何かであって、自分が類なく愛されてきたという記憶から湧いてくるものなのだ。そう考えると、悔いはないと思われてくる。

V

時代と歴史と知と

つくられたその時点から問題あり

安倍首相の靖国神社参拝をめぐって、さまざまな議論が起こっている。もともと靖国のような護国のための慰霊施設が影響を与えるようになったのは、明治末年の神社合祀令をきっかけとしている。村々の小さな神社を取り潰し、統合するという一見合理的だが、人間のなかの自然な信仰心を無《な》みしてしまうこの法令には、問題があると反対したのは、粘菌の研究で知られた南方熊楠《みなかたくまぐす》だった。

最近、柄谷行人が柳田国男の再評価をおこなっている（『遊動論―柳田国男と山人』文春新書）。それによると、柳田は若い頃に、「山人」についての考察をおこなうことによって、稲作渡来以前、日本列島に住んでいた原日本人のイメージを描いて見せた。それは、山地を遊動しながら、狩猟採集をおこない、それぞれに孤立しつつも、たがいに相手を思いやり、さまざまなものを分かち合うようなアソシエーションの原型をつくっていた人々だという。

柳田国男研究史では、たしかに柳田はそれに似た民族のありかたというのを考えていたが、結局は稲を神とする常民に、日本人の起源を見るという説に傾いていったとされている。そのことが、結局は日本人と日本国家を同質のものとする考えに行き着いたとも。しかし、柄谷氏は、そういう批判は、日本が中国大陸をはじめ外へと膨張しようとしていたときに、あえて柳田が「一国民俗学」を唱えたことの意味を汲んでいないといって反論する。

要するに、帝国主義の時代、植民地政策に現を抜かしている国家を尻目に、日本人は、古来から稲を神として、この列島に住みついてきたので、それ以上のことを望まなかった。しかも、根のところには、そのような常民にも山人の血が流れていて、山々や森や林を遊動しながら、たがいにたがいを思いやるエートスをいつでもみずからのうちにそだてていた。柳田は、そういっているのだと、柄谷氏はいうのである。

私は、柄谷行人の理想主義ここにありきと、感動して読んだ。現実はそんなものじゃないなどという雑音をものともせずに、これがありうべき人間の生きかたなのだとして提示するその姿勢がすばらしい。

いつのまにか南方熊楠から柳田国男に飛んでしまったが、神社合祀令に反対し粘菌の研究を続けた南方熊楠にも、やはり自然な信仰をもとにした生きかたというのが、日本人の根底にはあったと考えていたのではないだろうか。そういうことを考えていくと、靖国神社というのは、もうつくられたその時点から問題ありということになってしまう。だから、そんなところに参拝に行くことで、日本人の魂が鎮められるはずはないのだ。

司法の裁定では片付かないもの

オウム真理教元幹部、平田信被告の裁判員裁判に、元幹部の中川智正死刑囚が証人出廷し、目黒公証役場事務長仮谷清志さん監禁致死事件について証言した。

証言の内容は、平田被告が、当初計画された重要な役割を果たすにいたらず、結果的には運転手の役にとどまったということのようだが、そのなかで、中川被告が、自身仮谷さん拉致に際して麻酔剤を注射し、仮谷さんを死に至らしめることになった点について深く謝罪したいと述べたという。このあと、井上嘉浩、林（小池に改姓）泰男両死刑囚の尋問も、近く実施されるという。

どこか背筋が寒くなるようなニュースだが、そのことについては日をあらためて考えてみることにしたい。一つだけいっておきたいのは、死刑囚に証言させるということについての根本的な割り切れなさだ。松本智津夫をはじめ中川智正、井上嘉浩、林泰男といった地下鉄サリン事件にかかわったとされる者たちが、死刑判決を下されたことについて、私はいまだに納得していない。それは死刑制度に対する疑義ということもあるが、オウム真理教事件については、司法の裁定ということだけでは、決して片付かないものがあると思われるからだ。

つまり、この事件を思想的にとらえ、問題を解明することを、私たちはいまだにおこなっていないのに、死刑という判決によって、決着がついたかのように考えられているからである。ゆいいつ吉本隆明だけが、麻原彰晃を宗教者として高く評価するということをおこない、その宗教については、サリン事件と切り離して考えなければならないという立場を一貫してとり続けた。

この吉本隆明の立場に対して、私をはじめとして、本質的な批判をおこなった思想が、いまだにあらわれていない。そのことが、今回の死刑囚の証言とどのようにつながるのか、考えてみたい。

……………

誰よりも無力なものとして私たちのもとにやってくる存在

死刑について考察した高橋哲哉の講演「国家の暴力　戦争・死刑・人権」をネットで読み、いろいろと考えさせられた。オウム真理教や地下鉄サリン事件についてではなく、イラク戦争について考察されたもので、高橋氏は、戦争と死刑とが、人間の報復感情を国家的な暴力として行使する点で共通点があるという意味のことを述べていた。とりわけ興味深かったのは、この問題についてハンナ・アレントがどう考えたかということを述べているくだりだった。

『人間の条件』で、アレントは人間の報復感情をのりこえ、暴力の連鎖を断ち切るためには、「処罰」と「赦し」ということがおこなわれなければならないといっている。実際、アイヒマン裁判においてもアイヒマンを「悪の凡庸さ」といった視点から問題にしたものの、アイヒマンの死刑については、「人類に対する罪」を犯した者を「処罰」するという意味で、正当と考えた。しかし、高橋氏によると、アレントは、報復感情や暴力の連鎖を断ち切ったかもしれないが、「人類に対する罪」という視点が、「ユダヤ人という民族に対する罪」を犯したナチスやアイヒマンを裁くに足るものであるかどうか疑問がのこるという。

つまり、ユダヤ人やロマや障害者といった存在は、この世界に本来存在する権利をもたないものなのだから、これをどのように抹殺しようと問題が起こることはないというナチスの論理とアイヒマンをはじめとする、大量虐殺に手を染めた者たちは、人類という名においてこの世界に存在する理由をみずから放棄したのであるから、「処罰」という形で死刑に処すことに問題が起こるはずがないというアレントの論理とは、同じものではないだろうかというのが高橋氏の言い分なのである。

死刑廃止論者であると同時に憲法九条の会において積極的な戦争放棄の主張をおこなっている高橋哲哉ならではの批判だが、私には、アレントの思想に、もう少し深い層を読み取りたいという思いがある。高橋氏も述べてるように、アレントの「人類に対する罪」という理念には、カントの思想がかかわっているといっていい。つまり、人間のなかには、他者を手段として扱ってはならないというマキシムが生きているので、このマキシムを踏みにじるような行為をおこなう者は、人間、この倫理的存在という名のもとに処罰されなければならないという思想である。

それにもかかわらず、この「処罰」が死刑として現れるとき、他者を手段として扱うということがなされる。そういうパラドックスに高橋哲哉は、目を向けようとしているように思われるのである。そのことの大切さを認めたうえで考えてみたいのだが、高橋氏はカントやアレントのなかに生きている、人間を超えた存在との関係ということを見落としていないだろうか。

たとえば、アレントが「処罰」と同時に「赦し」ということを問題にしたとき、「赦しということの意味を最もよく知っていたのはナザレのイエスである」という意味のことを述べている。つまり、「人類に対する罪」は法的な処罰によってあがなわれなければばならないのだが、それにもかかわらず、このような処罰ではあがなわれえないものがどこかに残る。それは「ナザレのイエス」に象徴されるような存在の「赦し」によってあがなわれるので、そこまでいって、初めてあがないということが遂げられるのだとアレントはいおうとしたのである。

それでは、「人類に対する罪」や「人間という倫理的存在に対する罪」をあがなわせるために死刑を執行する必要があるだろうかという高橋哲哉の提出した問題は、どうだろうか。

たとえば、地下鉄サリン事件でオウム真理教のポアという宗教理念に関与した者たちは、大方が死刑になっている。これをどう考えたらいいかだが、吉本隆明は、ポアの理念をうみだした麻原彰晃を、宗教者として高く評価した。その評価の基準は、彼の宗教理念が、宗教的な行を積み重ねることによって「生死を超える」場所まで至りついたということ、そして、その場所というのが、人間存在の初源性を象徴するようなもので、そこではどのような倫理性も無効となるということだった。

しかし、吉本隆明は、そのことをもって麻原彰晃が死刑を免れるべきとはいっていない。

私の考えでは、吉本のいう「生死を超えた場所」というのは、親鸞論でいわれる「往相」にあたるものなのである。「往き」の時には、道端に病気や貧困で困窮している人がいても、自分のなすべきことをするために歩みを進めればいい、そのためには、どのような倫理性も無効になるまで宗教的な行を積み重ねてゆく。しかしそれを終えての「還り」には、どんな種類の問題でも、すべてを包括して処理して生きなければならない。そのことの重大さに、麻原彰晃は気づくことができなかったのではないか。

麻原をはじめ、地下鉄サリン事件にかかわったとされるオウム真理教の信者たちが、「人類に対する罪」によって死罪とされるのもやむをえないとするならば、麻原の行が、往相のみにあることに思い至ることができず、ポアの思想というのがその極みにほかならないということに、気づくことができなかったからといえる。

しかし、だからといって吉本は、彼らを積極的に処罰し、死罪にしなければならないとはいわないだろう。「人類に対する罪」をとなえたアレントについても同様で、彼らを死刑に処さなければならないという主張を、ことさらに述べ立てたのではない。むしろ、そういう彼らの罪を最終的にあがなうものがあるとしたら、人間を超えた存在でありながら、誰よりも無力なものとして私たちのもとにやってくるものの「赦し」によってであるというにちがいない。

それは「ナザレのイエス」にかぎらない。折口信夫のいう「まれびと」であっても、親鸞のいう「弥陀の本願」であってもいい。それらは、私たちから最もかけ離れたところに往ってから、もう一度、どのように「人類に対する罪」を犯した者にも「赦し」をあたえるために還ってくるからである。

まず憎しみありき

イスラム国による湯川遥菜さん、後藤健二さん殺害事件は、さまざまな意味で「犠牲」「供犠」ということを考えさせる。後藤健二さんを、あえてこの犠牲のためにみずからを投げ出した人物として思いえがいてみたが、湯川遥菜さんもまたそのことについてはまったく変わらない。

マスコミをはじめ、私自身の中にも、後藤さんに比べて湯川さんのイスラム国入りのモチーフがはっきりしないという考えがあった。しかし、モチーフは何であれ、彼らが犠牲の死を甘受したということではなんら変わらない。もしかしたら、湯川さんこそが、何者でもないものとしてイサクの身代わりにされた雄羊なのかもしれない。そして、後藤さんはそのことをわかっていた。供犠となるのは、まず湯川さんかもしれない。それならばあえてみずから進んで犠牲になろうと考えていなかったとはいえない。

しかし、このことに何の意味があるのだろうか。彼らは、危険であることをわかっていてイスラム国入りを果たしたのだから、犠牲だろうが何だろうが、彼らの死には何の意味もない。そういう意見があることを、私は知らないわけではない。にもかかわらず、彼らの死にははかりしれない意味があるといいたい。

いったい私たちは、今回の事件から彼らの死に至るまでに、イスラム国が何者であるかにどれだけ関心を寄せていただろうか。せいぜい、異様な集団が、イラクからシリアにまたがる地域を占拠して、シリアの内戦に干渉しているようだくらいだったのではないだろうか。だが、彼らはそれだけでは満足できなかった、いったいイスラム国とは何者なのか、そのことを知りたいと思って危険を顧みず、入り込んでいった。

知識ならいくらでもひろげられ、それにもとづいた解説ならいくらでもされている。しかし、私は、彼らの死に会ってはじめて九〇年の湾岸戦争のつけがここまでまわってきたと思った。当時、湾岸戦争詩論争がおこなわれ、「文学者の討論集会アッピール」

というものが出された。しかし、私たちと同じ世代の者が何らかの形でかかわったこの論争やアッピールには、それから二五年経って、今回のような事態が起こることはまったく想定外だった。そういう意味では、当時の私たちは、湯川さんや後藤さんほどにも戦争とは何か、テロとは何かを知りたいという衝動に駆られていなかったといえる。

理由ははっきりしている。私も含めて、湾岸戦争が、やがて血で血を洗う憎しみの闘争となっていくきっかけであるということをつかんでいなかった。逆に、多国籍軍によるハイテク戦争が、まったく新しい戦争の形態をうみだし、知らず知らずのうちに日本もまたこの見えない戦争に巻き込まれていくという危機感だけが一人歩きしていた。これは、いまでも変わらず私たちのなかに巣食っているものだ。安倍政権が進めてきたさまざまな政策が、この危機感をもとにどのように日本を防衛するかという意図からなっていることは明らかだ。

だが、問題はそういうところにあるのではない。湾岸戦争から九・一一テロ事件、イラク戦争、フセイン政権崩壊とたどっていくと、憎しみの根がまさに大地に血がしみこんでいくように広がってきたことがわかる。イスラム国というのは、そういう憎しみの根から血を吸い上げるようにして現れてきた、まさに幻想の共同体なのだ。

そして、これを強化するために、湯川さんと後藤さん、さらにはこれまでに人質として殺害された外国人ジャーナリストを次々に犠牲として祭り上げていったのだ。もちろん、外国人だけではなく、この幻想の共同体は、見えないところでさまざまな供犠を行っている。それは、ほとんど人類の未開においてなされたような仕方でといっていい。

しかし前者にとって、儀式は共同体維持のためのもので、何かに対抗するためのものではない。これに対して、イスラム国においては、まず憎しみありき、まず反動感情ありき、まず対抗意識ありきなのだ。それらをバネとして幻想性がかたちづくられていく。そしてそれを強化する要が供犠なのだ。そのうえ、これが最も重大なことだが、このような残忍で酷薄な手段による供犠が、イスラム国だけでなく、メディアを通じて確実に世界中の一定の層に支持されているということだ。これこそが、イスラム国がこれまでにない幻想の共同体であることのあかしだ。それは、憎しみをはじめとする人間の暗黒心理に次々に伝染して、世界大の広がりを見せる。

湯川さんも後藤さんも、このようなイスラム国のありかたを突き止めようとして、結局はその手中にはまり込んでしまった。だが、彼らのなかに「サクリファイスを終わらせるためにもサクリファイスは行わなければならない」という信念が宿っているならば、彼らの犠牲死は、かならずや報いられる。そうでなければならないと強く思う。

……………

グローバル化の必然性と弊害

スピルバーグ監督の「リンカーン」を観た。主演のダニエル・デイ＝ルイスが三度目のアカデミー主演男優賞を受賞したということで、話題になった映画だが、冒頭の壮絶な戦闘シーンの後は、奴隷制度を葬り去る合衆国憲法修正第一三条の批准に向けての駆け引きと、息子の参戦をめぐっての妻との確執が延々と続くばかりで、何度もうとうとしてしまった。二時間三〇分の映画は、よほどストーリー性でひきつけてくれなければ、観つづけることができない。

リンカーンの苦渋の選択を演ずるダニエル・デイ＝ルイスの演技は、確かに稀に見るものなのだが、私など、映画にそういうものを求めても仕方がないように思える。やはり、映画は面白くないと観る気にならない。黒澤明の「デルス・ウザーラ」など、人物の内面を描くに当たって決して言葉を多用しなかった。さまざまな心に残る場面が、それぞれつながって、観ているものを引き込んでいく。そして、私などに深読みをさせるだけの思想もかねそなえていた。

やはり、リンカーンの苦悩を奴隷制の廃止にばかり絞り込んで描こうとしたところに、問題があったのではないか。かつて柄谷行人は、アメリカの南北戦争は帝国主義戦争の初期形態だといったことがある。確かに資本主義を発展させ工業化を進めようとする北部にとって、いまだに奴隷の労働力に頼った農業をおこなっている南部は、足枷以外のなにものでもなかった。奴隷解放とは、ある意味において均質的な価値によって成り立つ近代化と資本主義化、いまでいえばグローバル化の推進にとって、ぜひとも必要なことだったといえる。

そうでなければ、あれほど凄惨な内戦を四年もの間、続ける理由がわからない。相手を殺してまでも、奴隷を解放しなければならなかったかどうか。むしろ、この殺し合いの論理は、近代化とグローバル化の方からやってきたのではないだろうか。そう考えると、スピルバーグは、リンカーンの苦悩を、もっとちがった形で描き出すことができたようにも思える。

年代をメモしてみる。一八四〇年アヘン戦争。一八五三年ペリー来航。一八六一年―六五年南北戦争。一八九四年―九五年日清戦争。一九〇四年―〇五年日露戦争。一九一四年―一八年第一次世界大戦。こうしてみると帝国主義戦争の系譜のなかに南北戦争が入っていることがよくわかる。アメリカは、この戦死者六〇万人以上といわれる内戦を通して、列強の仲間入りをし、世界を制するような覇権を手にしていくのである。

ちなみに、南北戦争から二年経った一八六七年に夏目漱石が生まれている。なぜ漱石は、あれほどまでに「開化」という事にこだわったのかという問いも、このような時代の推移のなかに置いてみるとわかってくる。要するに、漱石は、近代化とグローバル化の必然性と弊害ということを、誰よりもリアルに感じとっていたのである。

退屈なヒューマニズムよりも刺激的なテロリズムを

第一次世界大戦勃発から一〇〇年ということで、関連書物が読まれているようだ。山室信一『複合戦争と総力戦の断層―日本にとっての第一次世界大戦』(みすず書房)は、なかでも必読の本だ。日本は、この戦争に参戦したのだろうかという疑問に答えるかたちで、対独宣戦布告とそれをめぐる列強の思惑、さらには戦わずして勝利を収めたようにいわれているこの対独戦が、実際には、その後の中国への進出とアメリカとの対立を生み出すきっかけとなっていることを、詳細に論じたもの。著者の山室信一は、『満州国の肖像』(中公新書)などで知られる気鋭の歴史家だ。

列強のアジア進出をめぐって一触即発的な当時の状況からすると、現在の東アジア情勢やウクライナ情勢など、それなりに危機的ではあるものの、世界戦争に発展するなど考えられもしない。今回のＡＰＥＣに出席した各国の首脳は、それぞの当事者であるはずなのに、おたがい背を向け合うなどということはなく、何度も会談を行っている。韓国とだけは首脳会談実現に至らなかったが、そのことについて朴政権は、国際世論から批判を向けられているようだ。従軍慰安婦問題で筋を通し、安易な妥協をしない方が政治家として見識ありと思うのだが、どのような政治的対立があろうと経済発展のためには、すべて水に流すというのが趨勢なのだろう。

ここまでグローバル経済が政治的諸問題を呑みこんでしまう情勢では、戦争は、結局内戦としてしか起こらず、問題は戦争よりもテロにあるといえそうだ。「イスラム国」

をはじめとする原理主義の勢力は少しも衰えず、彼らが今後どのようなテロを行っていくかが注視される。最終的には、アメリカを始めグローバリズムの推進国の原発を狙うのではないかと思われるのだが、杞憂であるに越したことはない。久しぶりにメルロー＝ポンティの『ヒューマニズムとテロル』（現代思潮社）を読み返してみると、暴力革命やテロリズムに対する熱い共感が語られていて、まさにアナクロニズムそのものだった。

こういう思想は、日本ではすでに七〇年代の連合赤軍事件で終息したはずなのだが、現在でも世界各国から「イスラム国」に参じる者たちが後を断たないのは、退屈なヒューマニズムよりも刺激的なテロリズムをという思いがあるからなのかもしれない。しかし、退屈なヒューマニズムをのりこえるのは、テロリズムではなくまさに友愛のポリティックスではないだろうか。そう思いながらも、グローバリズムがもたらす深刻な格差は、若者たちをテロリズムに走らせはしても、決して友愛のポリティックスの実践にいたらせることはないだろうと思ってしまう。そこが最大のアポリアといえる。

情けは人のためならず

ドイツの総選挙でメルケル首相のキリスト教民主・社会同盟が大勝したというニュースが流れていた。このメルケルという女性、東ドイツ出身の物理学博士で、専攻は理論物理学・量子力学というのだから、文字通り異色の政治家といっていい。最初の夫が、大学時代、同じ学部の学生だったウルリッヒ・メルケル。その後離婚して、再婚しているものの、今でもメルケル姓を名乗っている。元夫のウルリッヒ・メルケルは、リスク社会論で世界的に知られた社会学者ウルリッヒ・ベックと同名というのも面白い。

「鉄の処女」などの異名があり、保守主義者ながら、現状を打破する改革を次々に進めていく。記憶に新しいのは、原発推進派だったのが、福島第一原発事故を機に、「二〇二二年までに国内一七基すべての原発を閉鎖する」という方針を打ち出したという点だ。ドイツは、ＥＵの優等生などといわれる一方、メルケル首相の持論である財政緊縮政策を加盟国に半強制的に押し付けたりもする。ギリシア危機でも、鉄の意志をもってギリシアに緊縮策を実行させ、そのためには財政援助を惜しまないといった施策で対したため、国民からは不興を買った。

しかし、そのことについて、メルケル首相は、今でも自分の選択に誤りはなかったと考えているという。それについては、今回の総選挙の結果が語っている。ＥＵのような経済共同体というのは、どこかの国が経済破綻したならば、その付けは最も経済的に安定した国に返ってくる。つまり、破綻は、連鎖反応をもたらさずにはいないので、弱者を弱者として切り捨てることは許されない。むしろ、どのような破綻の可能性を抱えた国に対しても、強い意志を持って自分を立て直していくように促していくことが、結局、回りまわって、自分に返ってくる。

このようなメルケル首相の政治理念にふれると、「情けは人のためならず」という日本のことわざを思い出す。情けは人のためにかけているようでも、まわりまわって自分に返ってくるという意味は、まさにEUの理念のことをいうのではないだろうか。こういう成熟した理念をドイツの政治が現実化しているのも、第二次大戦で無条件降伏を受け入れ、東と西に分断されるという現実を直視してきたからではないだろうか。ヒトラーの侵略した周辺諸国に対しても、謝罪を繰り返し、ヤスパースのいう「戦争の罪の問題」(たとえ政治的には何の責任もないとしても、ドイツ国民であるというだけで、何世代にわたってファッシズムの犠牲になった人々に対する責任を負わなければならないという考え)を、国民の了解としてきたからということもできる。

もちろんメルケル首相にも、彼女の率いる保守党にもさまざまな問題があるにちがいない。にもかかわらず、同じように連合国の無条件降伏を受け入れて、戦後の平和国家をつくりあげてきたわが国は、「情けは人のためならず」ということわざを真の意味で実践してきたとはいいがたいところがある。あらためてドイツおよびEUの打ち出してくる政治理念とその政策に注目し、範としていかなければならないのではないか。

「世界内戦」の最初のあらわれ

朝鮮戦争を描いた韓国映画「高地戦」を観た。戦争映画として、キューブリックの「フルメタル・ジャケット」やスピルバーグの「プライベート・ライアン」に匹敵するような秀作ではないだろうか。とりわけ、一九五三年七月二七日の板門店での停戦協定が成立した後、協定が発効するまでの一〇時間の死闘を描く場面など、迫真の映像だった。ストーリーとしても、韓国軍側への北のスパイの潜入、兄妹で南北に分かれて戦闘といった内容が盛られていて、観客を飽きさせないところがあるのだが、何といっても、同じ民族どうし、なぜここまで凄惨な戦いを続けなければならなかったのかということを考えさせる点で、出色の出来だった。

現在、日韓関係が従軍慰安婦問題など、歴史認識をめぐって膠着状態にあるが、日本側からすれば、すべて政治的には決着しているはずなのに、なぜ韓国はこうまで蒸し返すのかという思いがある。これは、北朝鮮に対しても同様なので、拉致問題がいつまでたっても埒が明かないのは、北朝鮮側が日本に対する怨恨をどこまでいっても解消しようとしないからではないかと思われてくる。それは、戦前の軍国主義日本国家が朝鮮民族に加えた数々の理不尽な仕打ちに対してだけでなく、戦後における日本の高度成長が朝鮮特需を原動力としていたことに対する、割り切れなさということでもあるように思えるのだ。

いったい、なぜ第二次世界大戦の敗戦国である日本が、戦前の植民地であった朝鮮半島の民族の争いを横目で見るようにして発展していくことができたのか。本来ならば、日本が占領体制にあるなかで、国連の統治のもと朝鮮半島に新しい国づくりが模索されるべきであった。ヤルタ会談をはじめとして、ルーズベルトは、そのことを再三再四、スターリンやチャーチルに申し入れ、それなりの了解が取れていたにもかかわらず、ルーズベルトの急死とトルーマンによる広島長崎の原爆投下は、スターリンの満州から朝鮮半島への南下政策を正当化することになってしまった。

金日成を主席とする朝鮮民主主義人民共和国の樹立が、スターリンの策謀によるものであり、国連軍の統治を破っての南進も、その一環に過ぎなかった。アメリカを主導とした国連軍は、そのことを知っていて、戦争に打って出たという知られざる事実を、アメリカの国立公文書館に収蔵されている資料を二年以上かけて調査した上で明らかにした萩原遼『朝鮮戦争―金日成とマッカーサーの陰謀』(文春文庫)。一般に金日成というと、抗日パルチザンの英雄とみなされ、北朝鮮建国の父といわれているのだが、萩原は、それが、いかにまことしやかな伝説にすぎないかを暴露する。要するに、金日成も朝鮮民主主義人民共和国も、スターリンと社会主義ソヴィエットの傀儡にすぎなかったということだ。

しかし、朝鮮戦争の怪はそれだけで収まらない。ソ連から武器を供与された北朝鮮軍が南下してきたのを国連軍が迎え撃ったわけだが、最新兵器を備え、各国からの有り余る兵士から成っていたにもかかわらず、容易に敗退させることができなかった。なぜかというならば、毛沢東の中国人民解放軍が参戦することになり、これが、武器その他の装備の劣勢をカバーするように、人海戦術を展開したからなのである。このところ中国政府に拘束されているといわれる朱建栄の『毛沢東の朝鮮戦争—中国が鴨緑江を渡るまで』(岩波現代文庫)にはその間の事情が詳細に書かれている。そこで展開されているのが、人命を反故か何かのように大量に投入する毛沢東の戦術に対する批判なのだ。

こうして、朝鮮半島は、アメリカと、ソ連中国との代理戦争の様相を呈するようになっていき、実際の戦場では、同じ民族どうしで凄惨な戦いを繰り広げることになった。その間、国連軍総司令官のマッカーサーは、戦争を終結させるために、旧満州とピョンヤンに原爆を投下することを考えたといわれている。結局、トルーマンはそのことの重大さに気がついてマッカーサーを解任するのだが、もし、そのとき原爆が投下されていたならば、民族どうしの戦い以上におそろしい事態が起こっていたのではないだろうか。

以上のような状況に朝鮮民族のすべてが立たされていたとき、日本国民は、まさに朝鮮特需で沸き立ち、経済成長の足場を築くとともに、サンフランシスコ条約によって占領体制から解かれ、政治的にも自立することになるのだから、朝鮮半島から見るならば、歴史の皮肉というほかはない。

一九一〇年の韓国併合以来、苦汁をなめさせられてきた彼らこそが、第二次大戦における日本の敗退をきっかけに、新しい国家として再生の途に立っていいはずなのに、まったく正反対の道に追いやられてしまった。そのことを考えるにつけ、韓国も北朝鮮も、日本に対して複雑な感情を抱かずにいられないのは当然と思われるのである。たとえ、戦後の情勢が日本には何の責任もなく、アメリカ、ソ連、中国という大国のイデオロギーに翻弄された結果であったとしても、最も近くにいて、甘い汁を吸っていた日本に対するルサンチマンのようなものから、そうやすやすとのがれるわけにはいかないといってもいい。

「高地戦」という映画を観たあと、そんなことを考えていたのだった。だいたい敵同士が同じ言葉で話すというのは、内戦以外考えられないのだが、朝鮮戦争は断じて内戦ではない。もし内戦という言葉を使わなければならないとしたら、まさに「世界内戦」

の最初のあらわれというべきである。

人間は政治的動物

文化大革命前に、毛沢東の指令によって右派反動思想の持ち主が次々に摘発され、ゴビ砂漠の収容所で重労働が課せられたという。そのような歴史の情景を描いたのが、王兵監督の『無言歌』という映画である。映画は、はじめから隠された歴史の真実を暴くというモチーフのもとに製作されたといわれ、ドキュメンタリー・タッチのなかで、重苦しい現実が描き出される。過酷な労働と人間以下としかいいようのない生を強いられた人たちが、猜疑心のとりことなり、人肉を食ったり、仲間を見捨てたりと、極限状況で起こりうることはすべて出てくる。

なかで、収容された夫に会いに上海からやってきた若い妻が、夫の死を知って号泣する場面が、悲痛の極みというか、そういう人間以下の状況においても、悲しみや愛というものが生きていることを知らしめて、心打たれた。大島渚は、こういう作品が中国人の監督のもとでつくられるのは、中国という国がいまだに抑圧体制を解いていないからなので、そういう厳しい状況下にあってこそ、監督の映画製作への欲望も鍛えられるのだといっているそうだが、一理あると思った。

そのうえで、付け加えるならば、この王兵監督の中に、政治は、いつ何時、人間が人間以下の生を強いられるような状況をつくりださないとは限らない、そして、人間が政治的動物であるというのは、根本的に反対意見を封印したいという欲望から自由になることができないからだという考えが、深く根を張っている。そういう意味で、毛沢東も、ポルポトも、スターリンも、人間のなかの政治的な動物性を集約したような存在なのである。そんなふうにいっているように思われた。

歴史の天使

ヴァルター・ベンヤミンというと、ユダヤ人の文学・思想家としてハンナ・アレントにも大きな影響を与えた伝説的人物として知られている。ヒトラーが政権を握ったナチス・ドイツの時代に、その追手からのがれようとして、フランスからスペインへ渡る途次、ピレネー山中の小さな町のホテルで、モルヒネ自殺を図り、四八歳の生涯を閉じた。死の直前まで推敲していたのが遺稿となった「歴史の概念について」という二〇章あまりの断章からなるテーゼである。

なかで、もっともよく知られているのが、「歴史の天使」と一般にいわれる第九テーゼだ。ベンヤミンは、そこでクレーの「新しい天使」という絵に託して、みずからの歴史観を述べている。眼を大きく見開き、翼を広げたその天使は顔を過去の方へ向けている。そこには、次々に重ねられた瓦礫の山が見えるばかり。天使はそこにとどまって打ち砕かれた破片を集め、死者をよみがえらせようとするのだが、パラダイスの方から強い風が吹いてきて、天使を吹き飛ばしていく。

瓦礫の山を眼下にして、後ろ向きになったまま、未来の方へと飛ばされていく天使の姿が象徴しているものこそ「歴史」というものであるというのが、ベンヤミンのいおうとするところだ。このようなメタフォリックな表現によって、いったいベンヤミンは何を語ろうとしたのだろうか。「私たちが、進歩と呼んでいるのは、まさにこの強風なのだ」という言葉が、そのヒントになりそうだ。

現代の科学文明、市場原理主義、グローバリズム、高度資本主義と、どの一つとっても天使を吹き飛ばしていく「強風」に値するものだが、ベンヤミンが当時、喫緊の課題としていたのが、ヒトラー独裁の国家社会主義でありスターリン独裁による共産主義だった。思想的には極右と極左であるはずのヒトラーとスターリンが結託して、最強のイデオロギーを産み出そうとしていた。それこそが、ベンヤミンにとっては強風中の強風に当たるものだった。

一九三九年に結ばれた独ソ不可侵条約にその結託の現実的なあらわれを認めることができる。だが、根はもっと深い。それを明らかにするためには、ローマの時代までさかのぼらなければならない。スタンリー・キューブリックの映画でも知られるスパルタカスの反乱というのがローマ共和政の時代に起こった。一奴隷だったスパルタカスが、圧政に抗して立ち上がった革命ともいっていい反乱だ。ベンヤミンは、そのスパルタカスに大きな影響を受けていた。

ローマのスパルタカスではなく、ドイツ革命のさなかに結成されたスパルタカス団にである。その思想的な支柱だったローザ・ルクセンブルク。ポーランド生まれの女性革命家・思想家だが、このローザが、ローマ時代のスパルタカスの反乱に革命の原点を見出していた。ロシア革命を主導したレーニンが、前衛による革命というものを主張したのに対して、ローザはあくまでも自然発生的な労働者の蜂起を目指した。さらには、レーニンが万国の労働者によるインターナショナルな団結が、ついには帝国主義国家を倒していかなければならないとして、最終的には戦争もやむをえないと考えたのに対して、ローザは、どのような戦争にも反対した。

このローザ・ルクセンブルクと盟友のカール・リープクネヒトは、結局、ドイツ社会民主党の手で虐殺されてしまう。当時のドイツ社会民主党は、ワイマール共和国の中枢を握る政党で、レーニンのインターナショナルとも通じていたのだが、一方で極左組織であるスパルタカス団を極度に警戒し、結局は、のちにナチスの中枢を握る人物（ルドルフ・ヘスなど）が加盟していたドイツ義勇軍の手で、壊滅にいたらせる。

こうしてみると、ベンヤミンが強風中の強風と考えていたのが、このスパルタカス団のローザ・ルクセンブルクを排除した左派勢力と虐殺に直接手を下した右派勢力だったということになる。彼らの危険性を、当時そこまで直観していたのは、ベンヤミンのほかにアレントぐらいしかいなかったとされるのだが、ではなぜ、ベンヤミンとアレントはそのことに気がつくことができたのか。鍵を握っているのは、アレントの二度目の夫で、一緒にアメリカ亡命を果たしたハインリッヒ・ブリュッヒャーである。

映画「ハンナ・アーレント」でアレントを陰ながら支える穏健そうな紳士として登場するこのブリュッヒャーこそ、ローザ・ルクセンブルクとともにスパルタカス団で戦った闘士だったのだ。ベンヤミンは、このブリュッヒャーを通してローザの思想の薫陶を受け、社会主義や共産主義というのが変幻自在に極右と極左になりうること、そして手もなく結託しうること、そのことによって、ありもしない未来をイデオロギー的に描き出し、民衆に幻想を抱かせることを知った。その現実的なあらわれが、ヒトラーとスターリンの結託だった。

そのような無残な結託が、天使の翼を吹き飛ばす強風となって、眼の前に瓦礫の山を積み上げていくことに、最大の危機を感じ取ったのがベンヤミンだった。だが、そういうベンヤミンも力尽きて消えていくのだが、その遺志を継ぐかのように「歴史の概念について」のフランス語稿を携えてブリュッヒャーとともにアメリカに亡命したアレントは、虐殺と、自死というかたちで生涯を閉じたローザ・ルクセンブルクとヴァルター・ベンヤミンという希有の思想家のなかから、みずからの思想をたちあげていったといえる。

岡村昭彦とエズラ・パウンド

エズラ・パウンドというと、両大戦間に詩作活動を行い、T・S・エリオットなどとともに、モダニズム運動を進めた詩人として知られている。しかし、その作品については、英文学プロパーの人々以外にはあまり知られていない。かくいう私も、T・S・エリオットやジェイムズ・ジョイスといったビッグネームは知っているものの、パウンドについては名前を知っているくらいだった。

ところが、辻井喬が死の数年前に発表した文章で、ハイデガーとエズラ・パウンドの名を挙げ、一時期とはいえナチス・ドイツとイタリア・ファッシズムに協力したことを問題としていた。私は、辻井氏のその文章に触発されてハイデガー批判を書いたのだが(『サクリファイス』響文社所収)、エズラ・パウンドについては手つかずのままだった。

そんなときにたまたま『南ヴェトナム戦争従軍記』（ちくま文庫）で知られる報道写真家・岡村昭彦の『ホスピスへの遠い道』（春秋社）というのを読んでいると、エズラ・パウンドへの言及に行き合った。ヴェトナム戦争への従軍を経て岡村は、ホスピス運動に携わるようになるのだが、そのホスピスの起源を尋ねるべく、アメリカのセント・エリザベス病院という精神病院を訪問した際に、一人の医師と知り合う。

そのT医師というのは、セント・エリザベス病院の監督医であったK医師が、イタリア・ファッシズムに協力し、ムッソリーニの伝道師といわれたエズラ・パウンドを自分の監督するセント・エリザベス病院に精神病の名のもとに収容することを画策したとして、批判を行った人物だった。

実際、エズラ・パウンドは、第二次大戦後、イタリア・ファッシズムに協力したかどで、故国のアメリカに送還され、国家反逆罪で告発された。しかし、一方でエズラ・パウンドの精神状態に疑義をさしはさむ向きが絶えることなく、精神鑑定が繰り返された。その結果、K医師の管理するセント・エリザベス病院に収容されることになった。その事実を突き止めたT医師は、この精神収容は、エズラ・パウンドと同様反ユダヤ主義と人種差別主義者であったK医師の画策したものにほかならないという批判を行った。

確かに、エズラ・パウンドは、セント・エリザベス病院に収容されているあいだ、K医師の管理のもとに、自由な活動を約束され、主著に当たるような作品を書きあげることができたとされている。そのことを、岡村昭彦はセント・エリザベス病院を訪問した際に、当のT医師から知らされるのだが、当時すでに批判を一冊の書として公刊していたT医師は、みずからの病院史に残る汚点として岡村にそのことを話した。

だが、岡村は、T医師の著書を読むにいたって、資料や証言の少なさに疑念を抱き、本当にエズラ・パウンドは、K医師の庇護のもとに、国家反逆罪からまぬかれたのだろうか、それとも、セント・エリザベス病院の暗い独房に収容され、精神病者の烙印を押されて、悲惨な生活を送ったのだろうかと考えるのである。それというのも、セント・エリザベス病院は岡村昭彦にとって、「ホスピスへの遠い道」の第一歩を踏み出した場所でもあるからだ。

このような矛盾・背理に直面しながら、岡村がどのように「ホスピスへの遠い道」を歩んでいくかが、その本には記されているのだが、その文体といい、精神の姿勢といい、類ないものに出会ったような思いがした。そして、エズラ・パウンド問題は、この岡村の曇りない眼を通して、読む者に様々な波紋を投げかけていくのである。

……………

「ままならなさ」を負わされている

マルクスの学位論文に「デモクリトスの自然哲学とエピクロスの自然哲学の差異」というものがある。物質の単位である原子が、合理的な法則に従って運動しているという説に疑問をさしはさんだデモクリトスとエピクロスについて論じたものだ。

あの『資本論』のマルクスが、どうしてギリシア哲学の、それも原子論などに興味を示したのかと思ってしまう。私の考えでは、このマルクスの処女論文こそ、その後のマルクス思想の根にあたるものなのだ。

一言でいってしまうと、人間存在からはじめて、この世界にあるものはすべて、ある種のずれというか、偶有性というか、不確定性というか、要するに「ままならなさ」を負わされているという思想。その代表が、原子の運動なので、原子というのは、まったくわけのわからない運動をするものなのだという考えを、ギリシアのエピクロスから引き出してきた。

マルクスは、この考えを後に『資本論』において商品の動きを分析する際の基本モチーフとしている。そのことについては措いておいて、このエピクロス経由のマルクスの原子論こそ、古典力学以後の量子力学を先取りするものではないかと、私は考えている。それどころか、原子核内部の素粒子の運動の不確定性をも予言するものではないか、と。

そんなにマルクスって、凄いのという向きもあるかもしれないが、やはり、この世界の成り立ちの本質をつかむことにかけては、ピカイチではないだろうか。マルクスはみずからの原子論を考えていくうちに、一〇〇年後二〇〇〇年後に未曾有の事態がやってこないとはかぎらない、それは原子の運動の偏奇性に由来するものにちがいないと確信した。それが、原子爆弾ではないかというのが、私の考え。

この点については、『希望のエートス　3・11以後』で詳しく書いているので、そちらに譲ることにして、この間、ある方から、フランスのマルクシアンであるルフェーブルが、「デモクリトスの自然哲学とエピクロスの自然哲学の差異」をつかって偶有性を問題にしているというお話をうかがった。

そういえば、八〇年代に吉本隆明が、このルフェーブルの「重層的決定」という考えを批判して「重層的非決定」という考えを提示していた。そこで、あらためて読み返してみたのだが、私の考えとはまったく無縁で、要するに、原子の運動の偶有性は、革命的行動の偶有的で不確定な広がりを示唆するというようなことだった。それをルフェーブルは「重層的決定」といっているのだ。

しかし、問題は、原子の運動が絶えざる「ずれ」としてあり、この「ずれ」はいつ何時どのように未曾有な事態を招かないともかぎらない、そのことを直視することによってしか革命《レヴォリューション》は起こらないというところにある。つまり、マルクスは原子爆弾とか原子力といった想像を絶するものが現れてきたとき、そこから目をそらさずにいることでしか、未来の革命は起こりえないということを予言していた。

「ずれ」とか「偏奇」とか「偶有性」とか「不確定性」というのは、原子が負わされるものであるだけでなく、人間存在がさまざまな関係を生きていくなかで、いやおうなく負わされたものである。そう考えるならば、マルクスの予言も、あながち的外れとはいえないだろう。

綱の上で踊ろうとする者

パスカルの『パンセ』は、何度も読み返した愛読書の一つなのだが、第五章「正義と現象の理由」は、読み落としていた。そこにこんな話が出てくる。

川の向こう側に、友人が住んでいた。自分は川のこちら側に住んでいたのだが、川を挟んで、向こう側の統治者とこちら側の統治者とが戦争を始めた。兵士となって攻め込んでいくと、囚われの身のその人に出会った。彼は、なぜ友達なのに殺すのかと言った。それに対して、川の向こうの人間を殺すことは、殺人ではなく、正義であり、殺すことによって自分は、勇者となるのだと答えた。君が川のこちら側に住んでいたら、殺すことは確実に殺人なのだから、決して自分は手を下すことはなかっただろう、とも。

この「自分」が私たちではないという保証はどこにもない。こういう話をいまから四〇〇年も前に書いているのだから、やはりパスカルというのは、ただ者ではない。

この世の主人は力であって、世論ではない。しかし、世論は、力を用いる主人だ。力が世論をつくるのだ。私たちが、やわらかさは良いことだ、なぜなら綱の上で踊ろうとする者は、一人っきりだからと言ったとする。ところが、そんなことは少しも良いことではないと大声で言う人がいて、その人の声に従って、徒党がつくられ、世論がつくられていく。

ここでもまた、パスカルは現代の状況を言い当てている。綱の上で一人っきりで踊ろうとする者など、あっという間に排除してしまうのが世論というものだ。

Ⅵ

日々、様々な思いに

真実の手ざわり

書斎の窓から、綺麗な中秋の名月がみえる。しばしぼんやり眺めながら、「真実とは広大な森の中の間伐地のようなものだ」というハイデガーの言葉を思い起こしている。たしかに、現実は、鬱蒼と繁茂するさまざまな樹木のような捉えがたい事象からなっている。だが、そのような森のなかに、満月に照らされてそこだけが明るんでいる間伐地のようなところがある。そして、そこにこそ真実は存在するといえる。

この真実にいたるには、月の光をたよりにこの鬱蒼とした森の中をたどっていき、不意にそこだけが開けた間伐地にたどりつくようなことである。だが、真実とは間伐地のようなものだというハイデガーの言葉は、鬱蒼とした暗い森を少しでも抜け出て、できるだけ早く月の光に照らされた間伐地にたどりつくことによって手にするものと解釈されてはならない。むしろ、その鬱蒼とした暗い森にこそ、意味があるとしなければならない。

私たちの現実は、容易に月の光に照らされた間伐地にいたらしめないようなものによって成り立っている。その現実の捉えがたさは、暗くおぞましいような欲望の渦巻く世界を、わずかな月の光をたよりにたどっていくようなものとしてあらわれる。そうしてみれば、どんなに月の光が煌々と照っていようと、間伐地などはどこにも見えず、最後まで、そこにいたりつくことはできないのが、現実なのかもしれない。

にもかかわらず、そこにいたりつこうとして、現実界のさまざまな欲望を潜り抜けていくところに、真実の手ざわりのようなものに触れる時がある。それをこそ、むしろ私たちにとっての真実というべきではないだろうか。

氷のような寒さにとらえられて

御嶽山の噴火で犠牲になった小学五年生の長山照利さんが発見時に着ていた大人用ジャンパーは、同じ噴火で犠牲になった横浜市の会社員近江屋洋さん（二六）が、噴火後に渡したものだった。九月二七日の噴火直後、頂上付近にいた近江屋さんと長山さん、そして別の女性登山者の三人が同じ岩陰に隠れて居合わせた。その際、長山さんが「寒い」といったため、近江屋さんは自分のザックから緑色のジャンパーを取り出し、女性登山者に長山さんに着せてあげるようにと渡したという。その後、三人はばらばらに避難したが、最後は遺体となって発見された。

このニュース報道を目にしたとき、小学五年生の長山照利さんの「寒い」という言葉に胸をつかれた。遭難したことなど一度もないのだが、インターフェロン治療を受けていたとき、同じような「寒さ」を何度も経験したように思われたからだ。点滴注射でインターフェロンが体内に入ってくると、ぶるぶる震えるような寒さがやってくる。まるで、体の奥に氷の塊を押し込められたかのように寒くて寒くてしかたがない。歯がガチガチして、どうしても合わせられない。電気毛布を強にして被っていても、少しも暖かくならない。小一時間ほど、そうやって震えていると少しずつ少しずつ身体の温もりが戻ってくる。

私はそのとき、日々死を経験していたのだと考えた。

インターフェロンというのは、タナトスなのだというのが、そのときやってきた直観だった。そのタナトスは、本来無機的な結晶体であるはずのウィルスを活性化させる。ふだん眠っているようなウィルスをも、インターフェロンは活性化させ、いわば毒をもって毒を制するように、ウィルスが活性化しすぎて最後は元の結晶体に戻るように促す。

私の考えや直観にはなんら医学的な根拠はない。しかし、そう考えることで、自分を納得させることができた。まさに「たとい、死の陰の谷を歩まんとも、我災いをおそれず」〈詩篇二三〉だった。そうして生還することができたのだが、御嶽山の噴火にあって、頼みのジャンパーも空しく「寒い、寒い」といいながら、死の谷へと落ちていった長山照利さんのことを思うと、不憫でならない。

ジャンパーを着せてあげた近江屋洋さんも、氷のような寒さにとらえられて空しく果てていった。まだ二六歳の若さだった。彼の善意は、多くの人に忘れていたたいせつなことを思い出させるだろう。

……………

インターフェロン投与日誌

風邪のせいか、喉も痛く、だるさが残って、一日中、ボーとしている。七年前の今頃、インターフェロン治療を受けたのだが、そのときの日誌など、久しぶりに開いてみた。よくまあ、熱とだるさと筋肉痛に悩まされながら、毎日克明に記していたものだ。

一月三一日（木）曇り　気温一度　午前五時、目覚める　入院初日で、極度の睡眠不足　ベッドの中で、鬱々としている　午前六時、検温と採血　熱三六度三分　午前七時　朝食　朝食後　リバビリン一錠　体調良くない　ベッドに横になり、呆然　午前九時　治験のTさんに体調報告　投与前の緊張感と寝不足で最悪と　よくわかるが、予定通り進めるようにと　感じが良く、優しい　若いのに、こんな優しさをどこで身につけたのだろう　少し気持ち楽になる　午前一〇時フェロン投与　右腕に点滴針　一回で入る　K医師処置　投与時間一時間　投与開始から身体的な違和感　終了後、悪寒やって来る　がたがた震え　歯がガチガチして止まない　震え一時間　発熱三九度〇分　午後一二時三〇分、昼食運ばれるも、食欲ない　午後一時頃から、全身倦怠感　肩から腰、腿に耐えがたいだるさ　食べないと体力消耗

するので、半分ほど箸をつける　午後二時過ぎから、のたうちまわるような痙攣
ナースコール　看護師さん来てくれるものの、薬その他の処置だけで、マッサージ
はできないと　鎮痛剤飲むよう、医師から指示されているのでと　鎮痛剤多量に飲
んで、渇きと胃痛で消耗したことがあるので、できるだけマッサージしてほしいと
少し揉んでくれる　午後四時、長男のKが来る　三〇分程、強く全身マッサージ
身体の上に乗って、ねじ伏せるように揉んでくれる　ここまで痙攣激しいと、無抵
抗のまま組み伏せられるのが一番　だるさ少し引く　鈍重感残るものの、我慢でき
ないほどではない　K、パソコンのことなどしばらく話し、帰宅　午後五時、発熱
三八度〇分　だるさきついが、筋肉痛、少しおさまる　午後六時入院担当のM医師、
様子見に　自宅から、マッサージ器の持ち込み許可願う　病院の規定にて不可との
こと　言い方に患者への配慮が感じられない　つい言動を批判　若い女性の医師で、
選択科目で教えている学生と変わらないように思われたので　午後七時夕食　何と
か食べ終える　夕食後リバビリン二錠　窓際のベッドのHさん（六五）、M医師の

対応あまり良くないといいに来る　ペグインターフェロンの治験で週一回投与　投与量多いせいか、血小板減少のため、現在、投与中止　このあとは、通院で投与することになるかもしれないと　度量の広い人に見えた　隣ベッドのNさん（七八）、一〇年前、肝炎と診断されるが、町医者のためインターフェロン投与の話出ず　高齢だったせいもあった　その後肝硬変、肝癌になり、今回肝臓の癌患部を焼く治療を受ける　胃にも異変が見られるので、日高の医療センターで検査治療を受けるという　小言勝ちながら気のよさそうなお爺さん　午後八時まで話す　誰かと話していると、副作用少し忘れていられる　午後八時三〇分、デパス一錠　発熱、三七度六分　だるさ、少し引く　このまま寝込めば、違和感もだるさも筋肉痛も忘れていられる　午後九時〇分消灯　午後九時二〇分、就寝　（フェロン投与第一回）

このインターフェロン治療のおかげでそれから七年、症状は安定し、再発の怖れもなくなった。苦しい治療だったが、それを克明に記録することに、私はカタルシスを感じるようになっていった。

……………

ブリキの煙突のようなもの

友人のKさんが、息子さんを事故で失くして一年になる。一周忌の様子が、定期的に送信されてくるブログのような通信に記されていた。以下のような言葉には、子を失った親でなければわからない悲しみを、悲しみのなかでなら、未知の方とでも共にできるかもしれないという思いがこめられている。

Mホテルの中華レストランの個室で、会食。楕円に広がる一つのテーブルを一九人で囲む。いろんな話をする。夕刻散会。話を求められるが、何を、どこまで話せばよいのか、という気分が起こる。最近は昔ストーブについていたブリキの煙突のようなものを、抱えている心地していること。何もたまらず。すべてが抜け落ちていくこと。悲しみも、涙も。一年がたち、この年になってはじめて一年の長さをありありと知ったということ（それは地球が太陽を一回りする長さだと、そのことを感じる思いがしたこと）。しかし、これらを話さず。ただ、お礼をいう。

お礼の言葉には、言葉では言い尽くせない思いがこもっていて、その思いを言葉にすると、こんなふうになるということなのだろう。「昔ストーブについていたブリキの煙突のようなものを、抱えている心地」というのは、言葉にできない一番深いところからあらわれてくるイメージなのかもしれない。確かに、学校のストーブには、ところどころ錆びかけたブリキの煙突がついていて、それが天井まで伸びているのを、誰もいない教室で、ぼんやりと見上げていたことがあった。

一年の長さが、地球が太陽を一回りする長さだということを、ありありと感じたといっているが、そのあいだ地球が自転しているように、ぐるぐると自分の周りを回り続けていたのだろう。胸中察するに余りある。

隅田川花火

隅田川花火大会が開催され、二万発の花火が打ち上げられたという。テレビでは生中継していたらしいが、原稿を書いていたので、付け忘れてしまった。毎年おこなわれる隅田川花火を、直接観に行ったことはないのだが、五年ほど前の今頃、江戸川区の小岩に住む友人の見舞いに、あの辺りを通ったことがあった。

長く癌を患っていたのだが、手術もリハビリも順調に進み、職場復帰も近いといわれていた。だから、見舞いというと少しちがうのだが、夏休みでもあるし、久しぶりで会おうということになり、埼玉から首都高を通って、小岩まで向かったのだった。

会ってみると、思っていた以上に元気で、これなら快癒も近いだろうなどと話し、後は旧知の友人知人の話や仕事の話、少しばかり文学の話などして、別れたのだった。

帰途は、東京を回っていこうと思い、首都高には乗らず、広い蔵前通りをクルマの流れに乗って走っていた。江戸川を過ぎて、隅田川に近づいてくると、色とりどりの浴衣を着た家族連れやカップルなどが歩道を歩いているのが目について来た。フロントガラスの向こうには、見事な花火が次々に打ち上げられるのが見える。走っているクルマのたいていがそれに気がついてか、速度を緩め、流れは少しずつ滞ってきた。

そんな光景をしばらく見ているうちに、どういうわけか目頭が熱くなってきた。歩道を歩く人々の幸せそうな姿と、夜空に浮かぶ華麗な花火の模様とが、自分とはまったく縁のないもののように思われたからかもしれない。それ以上に、いま別れてきたばかりの友人のことが、無意識のうちで気がかりの種となっていたのかもしれない。私は、そのまま蔵前通りを走ることができなくなって、わき道にそれ、喧騒から外れた方へと迂回していった。

それから、一年にも満たないうちに、友人の訃報が届いた。あの時会いに行ったのは、最期をおたがいに予感していたからだろうかと思った。それが、隅田川花火の日というのも、何かのめぐり合わせのような気がしてならない。

幸せな家族の条件

トルストイ『アンナカレーニナ』の冒頭の一句「幸せな家族はどれもみな同じようにみえるが、不幸な家族にはそれぞれの不幸の形がある」(望月哲男訳)は、何度読んでも深い味わいがある。トルストイは、この世の中には「幸せな家族」と「不幸な家族」というのがあって、そのちがいについて述べているように見えるが、決してそういうことではない。

家族というのは、何事もなく、平穏無事であればあるほど、みな同じような形になっていくのだが、ひとたび波風が立って、その形が崩れていったとき、それぞれに特別な不幸の形を負わされていく。この世の中には、幸せな家族といった類型は、どこにもなく、どのように平穏無事で、不幸の影さえ見えないような家族であっても、それが、彼らにしか味わうことのできない幸せであればあるほど、それぞれの不幸の形をも影絵のように写し込まれている。

ほんとうに幸せな家族の条件とは、一人ひとりが、それぞれの仕方で、そのことを胸のうちに深く刻んでいるということではないだろうか。

倒れる寸前に歌っていた歌曲

「この門を過ぎるものは一切の望みを捨てよ」というのは、ダンテ『神曲』の「地獄篇」第三歌に出てくる地獄の門の銘文だ。一方、「天国篇」の第二歌に、ベアトリーチェに導かれて天国へ向かうダンテが、私たち読者に警告する場面がある。要約すると、こんな具合になる。

おお、君たちは小さな舟に乗って私の後をついてきた。だが、私の歌を聴きたいと思って沖合いに出てはいけない。君たちは、私を見失い、途方に暮れるにちがいない。私が向かう海は、誰も乗り出したことのない海なのだから。それでも、ミネルヴァが風を吹き、アポロンが私を導いてくれる。そして九人の女神が私に大熊座を示してくれる。その海を、これから私は、渡ろうとしているのだ。

こうして、読者は、ダンテから厳しい言葉を浴びせられる。それでも、これを「狭き門から入りなさい」というイエス・キリストの言葉のように解して、困難をいとわずにダンテの後をついていくならば、必ずや、天国篇の歌にふれることができるということなのである。

私の好きな映画に「ふたりのベロニカ」というのがあって、一種のドッペルゲンガーの話だ。遠い国に住む一人のベロニカが、舞台で歌曲を歌っているときに、突然心臓発作を起こして倒れる。しかし、舞台は暗転し、別の国に住むもう一人のベロニカのもとで蘇生するのだ。そのとき、倒れる寸前にベロニカの歌っていた歌曲が、ダンテのあの歌なのである。しかし、微妙に言葉が変えられているので、引いてみよう。

そこの小さな舟に

乗っているあなた
どうしてもうたが聴きたいのなら
わたしの船に
ついてきて
わたしは歌いながら行くから
外界に出たら
迷わないように
わたしを見失わないで
先に船を進めるけど
追いつこうとして急がないで
ミネルバの風とアポロンの光
九人の女神が道案内してくれる

「ふたりのベロニカ」を撮ったのは、クシシュトフ・キェシロフスキというポーランドの監督だ。この作品のあとに「トリコロール」という作品もつくり話題になった。しかし、彼はそのあと、ダンテ『神曲』の『地獄編』『煉獄編』『天国編』をモチーフとした脚本を書き上げようとしていたとき、突然心臓発作で倒れ、帰らぬ人となった。そのことを思うにつけ、作品というのは、それをつくった者の運命を決めるという古い格言を、あらためて思うのである。

「ふたりのベロニカ」のように、たとえ倒れても、もうひとりのベロニカとなって、作家の魂は、いまも生きつづけているということだろうか。

この美しい世界では、すべてが可能

私にはそういう経験がないのだが、人生の晩秋を迎える頃、若かりし日に心から惹かれながら、最後まで告白できなかった女性に、何十年の歳月を経て再会するということがままあるといっていいだろう。

そういう時に、いまは世の中の酸いも辛いも味わった身として、かつて抱いた密かな思いを酒の肴にして話してみたり、同席した人々の思い出話に絡めて、それとなくほのめかしてみたりするのが普通ではないかと思うのだが、イサク・ディーネセンの『バベットの晩餐会』に登場するレーヴェンイェルム将軍は、まったく異なるのだ。

まだ中尉の身であった若かりし日、人生の修養を重ねるために叔母の住む遠い村に赴いた彼は、牧師館の老いた司祭の教えに深く動かされるとともに、二人の美しい娘、とりわけ姉のマチーヌに惹かれたのだった。しかし、そのことをいっさい告げることなく、ベアレヴォーの村を後にしたレーヴェンイェルムは、その後、軍人として、また社交界の花形として、注目を引くようになり、宮廷の侍女であった女性を妻に迎え、軍功も重ねることによって、誰からも羨まれるような境涯を送った。

しかし、レーヴェンイェルム将軍は、どうしても満たされぬものが心の奥にあるように思われ、それが何であるかをいつか確かめたいと思いながら、人生の晩秋を迎えていたのだった。そんなときに、あのベアレヴォーの牧師館で催されるバベットの晩餐会への招待を受けるのである。三十年ぶりにその村を訪れたレーヴェンイェルムは、バベットが心をこめ、ありったけの金銭を投じて催した晩餐会の席で、司祭の娘マチーヌに再会するのである。

何事もなかったようにその幸福な晩餐会が終了したあと、玄関先まで見送りに出たマチーヌの手を握り締め、レーヴェンイェルム将軍はこんなふうにいう（ここからは、ディーネセンの原作をそのまま引用）。

「わたしはこれまでずっと、毎日あなたとともにいたのです。お答えください、あなたもそれをご存じだったと」

「ええ、そのとおりでした」とマチーヌはいった。

「こうもいって欲しいのです」と将軍はつづけた。「わたしは今後生きている限り、いつもあなたのおそばにおり、あなたもそれがよくお分かりになっているのだと。毎日わたしは、この身体はおそばにいなくても、そう、肉体などなんの価値もないのですからね、心のうちでは、今夜とまったく同じように、あなたとともに食事のテーブルに着くつもりです。実は、今夜こそわたしは悟ったのです。この美しい世界では、すべてが可能なのだと」

「ええ、おっしゃるとおりですわ。わたくしどものこの美しい世界では、すべてが可能なのです」とマチーヌはいった。

こんなことばを交わして、ふたりは別れた。


（枡田啓介訳）

『バベットの晩餐会』の原作は読んでいなくとも、映画は観たという人は多いと思う。私も、何年か前に観たのだが、この場面、どんなふうに描かれていたのだろうか。ディーネセンは、ここでプラトニックな愛ということがどういうことであるのかを語ろうとしているように見える。だが、人は、忍ぶ恋や秘められた恋のすがたではないとしても、イデアの世界を求めつづけるかぎり「この美しい世界では、すべてが可能なのだ」ということに不意に気づかされる。そのことを、ディーネセンはいおうとしていたのではないか。

しかし、それにしても、このレーヴェンイェルム将軍とマチーヌ、それぞれ還暦をすぎ、古希を迎えようとしていると思うのだが、何と瑞々しいことか。

デンマークの船

デンマークというと、ディーネセンやアンデルセンやキルケゴールの国としてしか知らなかったが、逆にいうと、この北欧の小国が、どうして彼らのような文学者や哲学者を輩出したのだろうかという思いがあった。その理由の一端に当たるような事実に、このところ読み継いでいるパウル・ツェランの詩のなかで出会った。公刊された詩集では最後のものになる『時の屋敷』に収録された次のような詩。

存在していた
無花果の一片が　お前の唇の上に、

存在していた
イェルサレムが　ぼくたちのまわりに、
存在していた
明るい松の香が
僕たちが感謝したデンマークの船のうえに、
ぼくは存在していた
お前の中に。

このなかの「デンマークの船」について、訳者である中村朝子の以下のような解説が付されていた。

ナチスのユダヤ人迫害の中で、デンマークは一貫してユダヤ人に保護をあたえつづけた。ドイツが一九三四年に予定していたデンマークのユダヤ人狩りは、国民全体と政府の協力によって阻まれ、ほぼ全員がスウェーデンに船で脱出できた。捕えられてテレージェンシュタットに送られた約四〇〇〇人のユダヤ人もデンマーク政府の不屈の査察要請により唯一人も虐殺されなかった。現在、イェルサレムには「デンマークの船」の記念碑があるのだが、ツェランは、一九六九年生涯で初めて、そして唯一度だけイスラエルを訪ねた際、この記念碑の近くの友人の家に滞在している。

「デンマークの船」については、ハンナ・アレントも『イェルサレムのアイヒマン』(みすず書房)でとりあげている。アイヒマン裁判における「善き政府に属する者は幸運であり、悪い政府に属する者は不運だ。私には運がなかった」というアイヒマンの証言が、あたかも自分がデンマーク政府の官吏であったならば、ユダヤ人脱出のために「デンマークの船」にかかわったであろうということをいっているようにみえる。だが、それこそが問題なのだとアレントはいう。

デンマーク政府とその国民の不屈の意志に比べるならば、アイヒマンの卑小さは一目瞭然だ。しかし、もし私たち日本人が、ユダヤ人脱出という事態を前にどういう選択をおこなうだろうと考えるとき、たいていの人は、アイヒマンのような選択をするのではないか。つまり、当時の政府が不屈の選択として脱出に手を貸すようなことがあれば、そういう命令をそのままに履行し、逆に、ナチスの意のままにユダヤ人を引き渡す事を決定すれば、それもまた命に従って履行するといった具合に、である。そして、日本及び日本人の選択としては、確かに杉原千畝のような人がいたことに間違いはないとしても、まず後者になるのではないかと思われるのである。

いや日本及び日本人に限ったことではなく、国家と国民が共にデンマークのような選択をするということ自体が、奇跡に近いのではないか。そのことを思うにつけ、デンマーク、スウェーデン、ノルウェーといった国々の歴史や文化や制度というものに、これからも多く学ぶべきものがあるのではないかと思われるのである。

名づけられない何かとして

八〇歳を越えた音楽家夫婦の終末期の姿を淡々と描いたミヒャエル・ハネケ監督の「愛、アムール」という映画を観て、引き込まれずにいられなかった。二人の静かな夕餉の食卓で、妻に異変が起こる。それをきっかけに、日常がしだいに暗転していく。年齢を重ねていけば、誰もが迎えなければならない現実だが、そうなるまでは、まったく気がつかない。それがやってきて初めて、事態の重大さにおののいていく。そんなメッセージが、静謐な画面の向こうから聞こえてくるような映画だった。

夫を演じているのが、「男と女」のジャン＝ルイ・トランティニャン。そして、妻を演じているのが、「二十四時間の情事（ヒロシマ、モナムール）」のエマニュエル・リヴァ。観ているうちにジャン＝ルイ・トランティニャンは、すぐにわかった。老いても風格があり、いい顔をしていると思ったのだが、妻役の女優さんが、誰なのかわからない。老いの内側から美しさがにじみ出てくるような容姿が、しだいに蝕まれていく。そんな姿を、実にリアルに演じている。

観終わってから、「二十四時間の情事（ヒロシマ、モナムール）」のエマニュエル・リヴァであることを知って、収蔵しているDVDを観てみた。たしかに、面影もあり、声も変わっていない。悲しみの影を背負ったようなフランス人女性が、ヒロシマでの愛から半世紀以上たって、原爆の被災者と変わらないよるべない境涯に陥っていく。そう思って、あの映画を観てみると、エマニュエル・リヴァは、一人の女性の運命のようなものを演じているようにも思われてきた。監督のミヒャエル・ハネケも、そう思って、「二十四時間の情事（ヒロシマ、モナムール）」の後日譚を撮ろうとしたのかもしれない。

どちらの作品でも「愛」がテーマ。一方は、ゆきずりに出会い逢瀬を重ねる男女の愛、他方は、固い絆に結ばれた夫婦の愛。どのような災厄も、どのような老いの悲哀も、「愛」というほかはない心のありようのなかでいやされていく。しかし、その「愛」はいままでに「愛」と名づけられてきたどの「愛」ともちがうものだ。それは、いやされたことのある者だけが、名づけられない何かとして受け取るものなのだと思う。

……………

「アッツの酷寒は／私らの想像のむこうにある」。

サイパンとかグアムというと、いまは観光地として知られているが、太平洋戦争では悲惨な玉砕がおこなわれた島として歴史に残っている。なかでも、アッツ玉砕については、太宰治の「散華」で語られていて、玉砕した三田君の葉書とともに忘れられないものがある。

「御元気ですか。遠い空から御伺いします。無事、任地に着きました。大いなる文学のために、死んで下さい。自分も死にます、この戦争のために。」という三田君の葉書の文面は、暗誦できるほど、私の心に食い込んでいるのだが、そのアッツ島というのが、酷寒の地であるということは思いもよらなかった。サイパン、テニヤン、グアムというのが南太平洋の島なのに、アッツだけはアリューシャン列島に連なる島である。そのことは知っていたのだが、その気候については、以下の秋山清の「白い花」という詩を読むまで実感することができなかった。

アッツの酷寒は
私らの想像のむこうにある。
アッツの悪天候は
私らの想像のさらにむこうにある。
ツンドラに
みじかい春がきて
草が萠え

ヒメエゾコザクラの花がさき
その五弁の白に見入って
妻と子や
故郷の思いを
君はひそめていた。
やがて十倍の敵に突入し
兵として
心のこりなくたたかいつくしたと
私はかたくそう思う。
君の名を誰もしらない。
私は十一月になって君のことを知った。
君の区民葬の日であった。

太宰治の「三田君」、そして秋山清の「君」と、それぞれに生命を燃やし尽くして散っていった様子が静かに、そして、激しく胸にせまってくる。映画「永遠の0」が過剰なまでに言挙げされている昨今、そのことを書き留めておきたかった。

……………

長崎原爆を象徴する作品

昨日八月九日は、長崎原爆投下から七〇年目の記念日。二日ほど前にBSプレミアムで今村昌平監督『黒い雨』が放映されていた。全編を通して観ながら、あらためてこの映画が広島原爆を扱った作品の中で、もっとも優れたものの一つであると思った。少なくとも原作の井伏鱒二『黒い雨』の記述性を超えたところに、痛切なドラマ性を打ち立てている。

それでは、長崎原爆を最もよく象徴する作品とはなんだろうか。私には、長崎出身でイギリス国籍の日本人作家カズオ・イシグロの『わたしを離さないで』ではないかと思われる。この作品については、以前に書いた文章があるので、以下に引いてみる。

『わたしを離さないで』の舞台は、クローン技術が現実的に使用されるようになった近未来のイギリスです。そこに登場する少年、少女たちは、臓器移植のためにつくられ、育てられた人間です。生まれながらに誰かのために自分のすべてを捧げ、やがては死んでゆくことを約束された存在といえます。

しかし、彼らはそのことを知らされないままに、思春期にいたるまでの十数年間をある施設で過ごします。まるで英国風の全寮制の学校のようにゆるやかな規律に守られた空間で、彼らは、普通の少年少女たちと同じように、さまざまな経験を重ね、成長していきます。

物語は、彼らの一人、キャシーが、そのヘールシャムの施設を出たあと、臓器移植をおこなう「提供者」と呼ばれる人々の介護をしているところからはじまります。彼ら「提供者」のなかには、生まれ育ったヘールシャムの仲間もいます。かたい絆で結ばれた親友のルースとトミーも、彼女の介護によって「提供」を少しずつ行なってゆきます。

キャシーは、彼らが身体の一部を次々に「提供」して、やがて使命を終えるときには、自分もまた、介護人から「提供者」と成って、同じ道をたどることになるのを知っています。そのことを思うと、ルースやトミーと少しでも多くの時間をともに過ごし、ヘールシャムで出会ったことの一つ一つを記憶にとどめておこうと思います。

（『読む力・考える力のレッスン』東京書籍）

はじめてこの作品を読んだとき、カズオ・イシグロはどこからこの臓器移植のためにつくられ育てられて、やがては身体の一部を次々に提供していく人間たちというのを考えたのだろうかと思った。この発想は、村上春樹をはじめ日本人作家の誰も思いつかないところなのだから、彼がイギリス国籍を持つ日本人というところからやってくるのではないかと思った。だが、考えていくにしたがって、そうではなくて彼が長崎に生まれ、幼少期をこの原爆投下の街で過ごしたということが、一番のきっかけだったのではないかと思うようになった。

そのことを詳しく書くことはできないのだが、原爆の被災者の悲しみや傷みというのをどうあらわしたらいいだろうかと考えていくと、もはやどのような思考も表現も絶縁状態になってしまうのだ。そういう絶縁状態を何度もめぐった果てに、この傷みは、たとえば臓器移植のためにつくられ育てられて、やがては身体の一部を次々に提供していくキャシーやルースやトミーの傷みとしてしかあらわすことができないと思うにいたった。

彼らは、普通の人間と少しもちがわない思春期を過ごす。恋に悩み、人生に懐疑を抱き、自分の行く末に不安をおぼえる。だが、普通の人間とちがうのは、それらすべてが「提供者」という自分に課せられた運命の色に染め上げられていくということだ。

失い続けてきたすべてのものに、もう一度出会うことのできる場所

『わたしを離さないで』は、映画にもなっている。キャリー・マリガン、キーラ・ナイトレイといった女優がキャシーやルースを演じていて、青春映画としても観ごたえがある。しかし、カズオ・イシグロが描こうとした原爆投下の街長崎とその傷みということは、映画からはさほど感じられない。映画でも出てきた最後の風景が、やはりカズオ・イシグロの原作とは微妙に異なるからだ。そこで、その風景を抜粋してみた私の文章を引いてみようと思う。

物語は、終章にいたるにしたがい、不思議な風景を描き出します。

ルースもトミーも使命を終えてこの世を去ってしまった後、ひとりぼっちになっ

てしまったキャシーは、ノーフォークを訪れます。そこは、かつて、ルースやトミーをはじめヘールシャムの仲間五人で、「ポシブル」と呼ばれるクローンの親を探しにいった海辺の町に近い平原です。

何もない平野と大きな空がどこまでもつづく道を、車で通っていくと、時折りエンジン音に驚いて鳥の群れが飛び立ちます。何の特徴もない畑また畑のずっと向こうに何本かの木が見えてきます。ようやく、そこまでたどり着いたキャシーは、車を止め、外に出ます。

何エーカーもの耕された大地が眼前に広がっています。柵があり、有刺鉄線が二本張られています。

見渡すと、数マイル四方、吹いてくる風を妨げるものは、柵と頭上にそびえる数本の木しかありません。柵のいたるところ、とくに有刺鉄線の張られているところには、ありとあるごみが引っかかり、絡みついています。

木を見上げると、上の方の枝にビニールシートやショッピングバッグの切れ端が引っかかり、はためいています。

そのとき、キャシーにある思いがやってきます。この場所こそ、子供の頃から失い続けてきたすべてのものの打ち上げられる場所にちがいない。そう思ってしばらく立ち尽くしていると、やがて地平線に小さな人の姿が現れ、徐々に大きくなり、トミーになります。トミーは呼びかけ、手を振ります。

キャシーはその姿をじっと見つめ、何かを語りかけようと思います。が、数分後には、車に戻り、エンジンをかけて、行くべきところへ向かって出発します。

この何もないさびしい風景は、いったいどういうことを象徴しているのでしょう。どんなふうにも読み取れるのですが、一つだけはっきりしていることは、ここで道が行き止まりになっているのではないということです。ここを通って、キャシーは行くべきところへ向かって出発します。

そこがどこなのかを問うても仕方ありません。分かっているのは、木の枝に、ビニールシートやショッピングバッグの切れ端が引っかかり、はたはたとはためいているその場所は、二度と取り返しのつかない場所ではない。むしろ、自分が失い続けてきたすべてのものに、もう一度出会うことのできる場所。

そういう場所にほかならないということです。

どこか遠くから、ジュディの歌う「わたしを離さないで」という曲が聞こえてくるような気がします。「ネバーレットミーゴー……オー、ベイビー、ベイビー……わたしを離さないで……」。奇跡的に子供を授かった若い母親が、幼い子供にうったえている、その声の聞こえてくる方へと、彼女は向かっていった、そんなふうに思われるのです。

（同前）

最後に「自分が失い続けてきたすべてのものに、もう一度出会うことのできる場所」とはどういうところなのだろうかという問いを残してみたい。原爆の被災者たちも、そういう場所を一人ひとりが自分なりの仕方で見つけ出すことによって、あの何もない風景から一歩を踏み出して行ったのではないかと思われるからだ。

素晴らしい訳

文学賞と名のつくものは、星の数ほどあるが「ハンザ自由都市ブレーメン文学賞」とはどういうものだろうと、ネットで調べていた。

というのも、この文学賞を受賞したときのパウル・ツェランの挨拶が残っていて、『パウル・ツェラン詩文集』（白水社）という本に、飯吉光夫の訳で掲載されているからだ。その中の、次の一節を拙著に引用したので、校訂したことがあった。

もろもろの喪失のなかで、ただ「言葉」だけが、手に届くもの、身近なもの、失われていないものとして残りました。

ところが、ネットで調べていくうちに「すみれ歴史雑談」というブログに、この「ハンザ自由都市ブレーメン文学賞」についての説明とともに、くだんのツェランの言葉が、訳されていた。これが、飯吉光夫訳とはまた異なった、詩的といってもいい素晴らしい訳なのだ。

さまざまな喪失の只中で、手の届くもの、決して失わず残ったものがひとつだけありました。言葉です。言葉だけが、すべてが失われた中で、失われずに残りました。しかし言葉は、答えの返ってこない孤独の中を、恐るべき沈黙の中を、死を運ぶ発話の千もの闇の中を、くぐり抜けていかなくてはなりませんでした。言葉はこれらをくぐり抜け、起こったことに対しては一言も発することは出来ませんでした。しかし言葉は、これらの出来事をくぐり抜けて行ったのです。

ツェランの文章は、くぐり抜けて、再び明るい場所に現れることができました、これらすべてを「凝縮」して、とあって、そのあとに「詩は時間を通り抜けて永遠へと達しようと」しますという文句があるのだが、このブロガーだったら、どんなふうに訳すのだろうか。そこまで読みたいと思わせる訳文だった。

……………

身勝手な男と不甲斐ない女

成島出監督「八日目の蟬」がＷＯＷＯＷシネマで放映されていた。二〇一一年の日本映画では興行収入、映画賞ともに最高の栄誉に輝いた作品ということで、期待して観たのだが、いろいろと考えさせられてしまった。

角田光代の原作も中央公論文芸賞を取っていて、水準を超えていることは間違いない。問題は、原作も映画も人間存在のリアリティという点から見て、決して納得できるものではないというところにある。

愛人の赤ん坊を誘拐した女性の悲劇と、誘拐されたことをトラウマのようにして成長した若い女性の悲劇が、交錯して描かれている。成長した恵理菜が、父親と同じような妻子ある男性の子どもを身ごもり、葛藤の末、お腹のなかの子どもを産み、愛することによって苦難を乗り越えようとするラストは、たしかに、感動的だ。

しかし、この物語にとって欠かせないのは、恵理菜の父親、そして恵理菜に子を身ごもらせた妻子ある男をどのように描くかということではないだろうか。映画はもちろんのこと、小説にも、この二人の男の存在感がまったく感じられないのである。

要するに原作の角田光代にも、映画化した成島出監督にも、身勝手でどうしようもない男たちに拘泥するよりも、悩みながら苦難を乗り越えていく女性の愛の物語を描いた方が、共感を集めるという考えがあったのではないだろうか。

しかしそれでは、あの身勝手な男たちはどうなのか。あるいは、ああいう男たちにもてあそばれた末、ついに立ち直ることができずに終わった女性というのは、この世にいないのだろうか。いやむしろ、大多数がそっちの方であって、世の男性のなかで、身勝手でない者などほんの少数なのである。

状況設定はまったく異なるが、私は、林芙美子の「浮雲」とそれを映画化した成瀬巳喜男監督作品を思い起こす。戦中戦後を生きた身勝手な男と不甲斐ない女の物語だが、男も女もそのようにしか生きることができなかったとでもいうように彼らの姿が描かれるのである。

どのような人間も、他人を弄び、自分を駄目にして、結局は零落していくほかはない、そういう人生と無縁ではないということを冷徹にとらえる眼からしか、人間存在のリアリティというのはうまれてこない。

そのことに、わずかなりとも真実があると思うことから、愛や崇高といったものが心に抱かれるのだと思う。角田光代や成島出監督だけでなく、現代の物語作家や映画作家にそのことを期待することは無理なのだろうか。

ここぞという時の胆力

昭和二〇年七月一五日、内務省情報局講堂においてもたれた会合での折口信夫の発言が、高見順『昭和文学盛衰史』に記されている。

本土決戦に備え、国民士気高揚に関する啓発宣伝をおこなうというのが、その会の趣旨だった。そこに招かれた「文学報告会」をはじめとする文化芸能関係の人々を前に、情報局報道部に属する陸軍将校が、特攻隊を持ち出し、覚悟の抵抗を持ち出して、怒声を発していた時、静かに発言をもとめて手を上げた人物がいたと、高見順はつたえている。

その人物の「言葉こそおだやかだけれど、強い怒りをひめた声で」述べられたのが、「安心して死ねるようにしていただきたい」という一言だった。

軍部・官僚の後ろ盾をえて言論界を牛耳っていた人物が、即座に「安心とは何事か。かかる精神で……」と罵倒をはじめると、その人は黙って聞いていたが、罵倒が終わるや、もの静かに、「おのれを正しゅうせんがために、ひとをおとしいれるようなことを言ってはなりません」と低いが強い声で、その言論界の立者をたしなめたという。

この折口信夫の発言の真偽について、折口信夫会に呼ばれたときに、長谷川政春に尋ねてみた。すると、高見順以外にも、平野謙他何人かの証言があると答えられた。長谷川さん曰く「胆力ですよ、折口さんにはここぞという時の胆力がありましたから」。

尊敬と愛と自由と幸福

人生は悲しく、辛いことばかりではない。政治を憂え、国家の現状に絶望的になり、経済も社会もまったく先がないように思われることもあるのだが、日々の生活のなかで、何でもないことに喜びや幸せを見いだしているのも、私たちの人生ではないだろうか。

こんなことを感じたのは、昭和二八年に発表された折口信夫の以下のような言葉を目にしたからだ。

われわれの近頃、身に沁みて幸福に感じることは、古往今来ほんとうの意味で自由になった身の上を思うことです。我々の愛するものを愛し、我々の尊敬するものを尊敬し、以前よりさらに朗らかにわれわれの美しいと思っている家族を敬愛することが、誰にも妨げられない、誰にも遠慮しなくてもいい。こういう愛の自在感を感じることです。何かこう、ほくほくとからだの底からこみあげてくる満悦感に温まります。だから、この感じうる幸福だけは、妨げられないで守り遂げなければなりません。

（「俳句と近代詩」）

折口信夫は、この前年に「民族史観における他界観念」という文章を発表していた。そこでは、暗い妄執に憑かれながら、それでいて深い憧憬を絶やすことのない日本人の魂のゆくえについて論じたのだった。私などは、この論文を折口の遺書のように受け取ってきたのだが、それから一年たって、上記のような文章を残しているのである。これを書いて五ヶ月ほどで折口信夫はこの世を去る。そう思って読んでいると、ここにこそ、折口が私たちにつたえたかったことがこめられているように思われてくる。

私たちは、幸福や自由や愛や尊敬によって生かされているので、そのことを偽ってはならない。どのように不幸や抑圧や憎悪や嫉妬によって翻弄されることがあっても、私たちを私たちたらしめているのは、尊敬と愛と自由と幸福にほかならない。そういっているように思われてくる。

あとがき

初めてフェイスブックにポスト（投稿）したのは、いまから三年前のことだった。確か旧知の方のお名前で、フェイスブックに登録しませんかというお誘いがメールに入り、何となくやってみたのだった。最初は、事情がさっぱりわからず、ときどき開いてみていただけだった。ツイッターに比べて文字よりも画像が多いのと、どことなく遊び感覚が目について、馴染むことができなかった。

しかし、少しずつ物書きらしき「友達」が増えてきて、その人たちのウォール（壁）を読むと、ツイッターよりも長めの文章がポストされている。読んでみると、それなりに味わいがあって、「いいね」というものに、数字が振ってある。なるほど、その文章を読んで、「いいね」と思ったら、クリックすればいいのかと思った。

文章を書くのは億劫ではないので、自分でも見よう見真似でポストしてみた。すると「いいね」のクリック数が出てきた。誰がクリックしているかも、わかるようになっている。これは何だろうと思った。ある意味で、「感動」でさえあった。

三十年以上文章を書いてきて、即座に「いいね」などといってもらったことは、一度もない。「いいね」どころか、まず、なしのつぶてである。文章を書いて、発表するというのはそういうことであって、この「なしのつぶて」に耐えられるようでなければ、持続して書きつづけることはできない。そう思って、書いてきた。

しかし、フェイスブックは、ちがっていた。読む人に何かを訴えかけるような文章は確実に「いいね」のクリック数が多い。逆に、自分では何かを訴えたつもりでも、ポイントがはずれていたり、難しすぎたりすると、波が引くようにクリック数が減る。これほど正直は評価はない。私は、そう思って本格的にフェイスブックを利用しはじめた。

ここにおさめられているのは、この三年間に書いた文章のなかから、「いいね」のクリック数が比較的多かったものである。ツイッターとちがって、フェイスブックは字数が無制限なので、かなり長い文章も入っている。内容も、文学・思想にかかわる難解なものが少なくない。それにもかかわらず、私の「友達」はこういう文章に「いいね」のクリックを入れてくださった。

これを幸いと、実際に書く原稿の下書きのようなものをポストしたこともある。それに対しても、正直な反応があり、これでいいと判断して原稿に取りかかったこともたびたびだった。もちろん、こういう「評価」には、どこか不純なものがあることをみとめないわけではない。常連のような「友達」は、何を書いても「いいね」をクリックしてくれるし、この人に評価していただきたいと思う方からは、なかなかクリックしていただけない。そういうことは、ざらにあるからだ。

そう思うと、即席の「評価」などには惑わされず、「なしのつぶて」に耐えてこそ、ほんものの物書きといえるのではないか。何度もそう思った。だが、どのように不純な「評価」であろうと、書くことの推進力になってくれる。そのことだけはまちがいないと考え、三年間、ほとんど毎日のように文章をポストしつづけた。

そのなかから、選りすぐった文章を、テーマ別に並べ替えてみた。フェイスブックのいいところは、世代間の格差がなく、親の世代や子の世代でも対等に「友達」になって、ポストを読み、「評価」を入れることができるということだ。私は、年齢からいっても、人生経験からいっても、親または親の親に当たる世代ではないかと思う。そういう人たちがどういう経験をして、何を考えてきたかを知ってもらうのには意味があると考えた。

SNSの利用者が増加傾向にあるなか、どうしてもフェイスブックは、お遊びといった目で見られることが多い。そういう通説をひるがえすきっかけになってくれればと思う。また、文章を書くということは、もともと「遊び」の要素がなければできないことなので、ここに収められた文章が、真剣に遊ぶということの一例と受けとめていただければとも思うのである。

こういうものが本になるのかどうかと思っていたところ、澪標の松村信人さんから、何かエッセイ集のようなものをとのお話があった。渡りに船とばかりに出版していただくことにした。松村さんとは、神戸現代詩セミナーや大阪文学学校での講演を機に親交を深めていたのだが、何といってもフェイスブック上での「友達」であることが幸いした。心よりありがとうといいたい。

また、この本が、散文家としても異彩を放つ倉本修さんの手で装幀されるのも、嬉しいかぎりだ。

本になるまでのあいだということで、なかのいくつかの文章を園田恵子さんの主催するWEBマガジン「cinefil」に連載させていただいた。フェイスブックの「友達」とはまたちがった層の読者にめぐり会えたのは、貴重な経験だった。出版を機に、さらに広い層の読者の手に渡ってくれるならばと願わずにいられない。

二〇一六年二月一五日

神山睦美

神山睦美（かみやま むつみ）

1947 年 1 月　東京世田谷に生まれる
1948 年 10 月　父親の不慮の死に遭い、岩手花巻大沢温泉に移り住む
1953 年 10 月　岩手水沢に移住、小学、中学、高校と地元の学校に通う
1965 年　東京大学教養学部理科Ⅱ類入学
1967 年　同教養学科国際関係論分科進学
1968 年　同フランス分科転科
1968 年～ 1969 年　東大闘争　教養学科闘争委員会のメンバーとして闘争に加わる
1971 年　同フランス分科卒業
1972 年　同比較文学比較文化大学院入学
1973 年　同除籍
1973 年～ 75 年　東大学力増進会はじめ塾講師、家庭教師
1976 年～ 89 年　埼玉県毛呂山町にて個人塾経営　桐生外語学院予備校講師
1980 年～ 81 年　『夏目漱石論序説』『成熟の表情』を上梓し、文芸評論家として立つ
1990 年～ 2002 年　東進ハイスクール講師（河合塾文理予備校にも出講）
2005 年～　埼玉医科大学非常勤講師　中古パソコン販売・修理企画経営

主な著書に『吉本隆明論考』（思潮社）『家族という経験』（思潮社）『クリティカル・メモリ』（砂子屋書房）『思考を鍛える論文入門』（ちくま新書）『読む力・考える力のレッスン』（東京書籍）『夏目漱石は思想家である』（思潮社）『二十一世紀の戦争』（思潮社）『大審問官の政治学』（響文社）『希望のエートス 3・11 以後』（思潮社）『サクリファイス』（響文社）など。2011 年『小林秀雄の昭和』（思潮社）で、第 2 回鮎川信夫賞受賞。

日々、フェイスブック

二〇一六年四月五日　発行

著　者　神山睦美
発行者　松村信人
発行所　澪　標《みおつくし》
大阪市中央区内平野町二-三-十一-二〇三
TEL　〇六-六九四四-〇八六九
FAX　〇六-六九四四-〇六〇〇
振替　〇〇九七〇-三-七二五〇六
印刷製本　亜細亜印刷株式会社
DTP　山響堂 pro.